殿、恐れながらリモートでござる

谷口雅美

講談社

殿、恐れながらリモートでござる

一・寄進の警護

寛文《かんぶん》五（一六六五）年、江戸は目白《めじろ》の昼下がり。浄晃寺《じょうこう》本堂の瓦《かわら》屋根にバラバラと豆をまくような音がした。雨だ。

戸ノ内《との》兵庫《うちひょうご》と碁盤を挟んで向かい合っていた侍は、雨音に負けじと声を大きくした。

「毛利《もうり》家から、勘定方《かんじょうかた》に是非にと乞《こ》われて、調子に乗った私も悪いのだ。あの大大名の毛利家、さぞかし大きな金子《きんす》が動き、蔵には金や銀が詰まっていると思いきや――」

大森辰之《おおもりたつの》進《しん》と名乗った侍の、膝《ひざ》に置いた両の拳《こぶし》がぷるぷると震える。

毛利に限らず、明暦《めいれき》の大火、流行《はや》り病の赤痢の蔓延《まんえん》、旱魃《かんばつ》などによる不作で、どこの大名家も懐《ふところ》事情は甚《はなは》だ厳しい。

「詰まってはいなかったのですね」

「ない!」

辰之進は、垂れ気味の目をキッと吊《つ》り上げて叫んだ。

「払いを待ってくれと、呉服方の者と並んで呉服問屋の主《あるじ》に頭を下げることになるなぞ思いもよらなんだ。一年前、主替えをしたこと、返す返す悔いておる」

「大森殿は先の主替えから一年の間、我慢されたわけです。何故《なにゆえ》、いままた主替えを?」

「八朔《はっさく》に、殿が城へお出ましにならなかったからだ……」

徳川家康《とくがわいえやす》が江戸入府した八月一日は大名総登城の日だ。にもかかわらず、辰之進が仕《つか》えている毛利大膳大夫《だいぜんだいぶ》綱広《つなひろ》は登城しなかった。

「しかしながら、毛利のお殿さまが登城されなかったのは御病気故、と聞き及んだのですが」

「いつもの如《ごと》く、仮病だ」

「いつもの如く……?」

「そう、いつも、なのだっ。登城すべし、と決められた朔日《ついたち》、十五日、節句、御嘉祥《ごかじょう》……いずれも仮病でお出ましにはならぬ!」

にわかには信じがたかった。なぜなら――。

「大膳大夫さまはお国の街道を整えたり、毛利家の御条目を編纂《へんさん》されたりと大層優れた方と聞いておりますが」

「優れた殿さまならば仮病なんぞ使うわけがない。権現さまのご係累ということで、多少のわがままは見逃されてきたが、大大名の毛利と言えども、いつ何時、改易《かいえき》されてもおかしくはない」

綱広の母・喜佐姫《きさひめ》は家康の孫。正室の千姫《せんひめ》も、家康の血を引く越前松平《えちぜんまつだいら》家の出だ。

「この際、家の格などどうでもいい。私はもっと真っ当な殿さまの家臣になりたいのだっ。というわけで、戸ノ内殿。どうか良い出仕先があればお声がけいただきたい」

五つ年上だという辰之進に深々と頭を下げられ、兵庫も慌てて「留意いたしておきますので、気長にお待ちください」と頭を下げた。

兵庫はもともと囲碁指南役の看板を掲げているが、近頃は専《もっぱ》ら、こうした出仕相談ばかりだ。今日も囲碁指南という話だったはずだが、結局、碁石は碁笥《ごけ》から出さずじまいだ。

「よろしくお頼み申す。そうそう、格が上であれば言うことはない、ということも御留意いただきたい」

正直に付け加えた辰之進は、兵庫が貸した番傘を差し、麻布《あざぶ》の毛利家下屋敷へと戻って行った。

貧乏寺故、貸した傘は穴だらけである。あれでは役に立たぬなぁ、と申し訳ない顔で見送る兵庫に、本堂の裏手から副住職の徹心《てつしん》が近づいてきた。

「おい、こら、兵庫。貴重な傘を渡すんじゃねぇ」

月忌《がっき》参りに出ていた徹心は、突然の雨に降られて全身ずぶ濡れである。兵庫から手拭《てぬぐい》を受け取り、手足を拭《ふ》いていく。

「今日は水戸《みと》徳川家からの寄進日だ。ついでに傘を絶対に取り返してこい」

小柄な徹心に睨《にら》み上げられ、兵庫は「承知」とうなずいた。

大坂《おおさか》の陣から五十年。天下を取った徳川家は、いまの家綱公で四代目。戦国の気風は薄れたものの、先代の家光《いえみつ》公時代に行った多数の改易のせいで、江戸市中には物乞いや追いはぎをするような牢人がウロウロしている。

兵庫が居候しているこの寺には、毎月、水戸徳川家からの高直《こうじき》な寄進が江戸留守居役宅から届けられる。

目立たぬようにとの配慮から、使い役には水戸留守居役の奥女中・サヤが務めており、兵庫はその道中の警護を担っているのだ。

大小を差さずに出ようとしたら、着替えた徹心が庫裡《くり》の戸口に立ち塞《ふさ》がった。

「警護役が無刀はねぇだろうよ」

「いや、大事な刀を雨で濡らすのはよくないと思うのだ」

兵庫はささやかながら抵抗を見せた。

侍らしからぬと言われても、かつて人を殺《あや》めたことがある身であっても、人に刀を向けることには強い嫌悪感がある。だが、刀を帯びていなければ、抜くこともないし、人を殺めることも傷つけることもない。鍛錬はしているから、体術でかわす自信がある。

徹心が脇へ退《ど》いた。珍しく物わかりがいいと思ったら、「雨はあがってるぜ。大事な刀を差してっても大丈夫だな」と鼻で笑われた。

やむを得ない。兵庫はため息をついて大小を取りに戻ったのだった。

雨のおかげでひととき、暑さは収まったものの、小石川《こいしかわ》の留守居役の屋敷へ着く頃には濡れた地面から立ち上る湿気で汗が噴き出していた。

実のところ、兵庫の汗は湿気のせいだけではない。半月前のことを思い出すと、嫌な汗が噴き出してくる。

兵庫はしばらく江戸を留守にしており、先月の寄進の日、サヤと久しぶりに再会した。寺と屋敷の往復だけでは話が尽きず、どちらからともなく日を改めて会うことになったのだ。

団子屋の店先とはいえ、お互いお役目なしに会うことは初めてだ。これはもしや逢《おう》瀬《せ》というものになるのか、サヤを楽しませなければと思った途端、何も話せなくなった。

目すら合わせなくなった兵庫を訝《いぶか》しみ、サヤはいろいろと話しかけてくれたのだが、最後には苦笑まじりに「兵庫さまはご気分が優れないようですから、今日はこれで」と立ち上がってしまった。

なんたる失態。徹心や悪友の山田《やまだ》杢左衛門《もくざえもん》には「茶屋に連れ込むどころか、手も握れないとは」と散々馬鹿にされた。

そういうつもりで会ったわけではなかったのだが、折角の休みを朴念仁の無言で詰まらないものにしてしまった、と申し訳ない気持ちを未だ引きずっている。

まずは謝罪をし、許してもらえるのであれば、改めて目白不動の縁日にでも誘って——などとぼんやり考えていたから、「お待たせいたしました」と不意に声を掛けられて飛び上がった。

風呂敷包みを抱えたサヤがすぐそばに立っている。兵庫の二つ下で二十五になるが、丸顔のせいか幼く見える。

「さ、サヤ殿！」

「申し訳ありません、また驚かせてしまいましたね」

剣術道場の生まれで、年の離れた弟が生まれるまで跡継ぎとして期待されていたサヤは、気配を消すことが癖になっている。

謝るべき相手に先に謝られてしまい、兵庫は慌《あわ》てた。

「いえ、ぼんやりとしていたもので。では、参りましょうか」

兵庫はサヤから風呂敷包みを受け取った。中身は巻紙だ。浄晃寺ではこれを金に換え、食うものに困っている者たちのために炊き出しをする。寺の修繕は後回しだから、本堂はともかく庫裡はあちこち雨漏りがしている。

隣を歩くサヤの首筋にうっすらと汗が浮かぶ。駕籠《かご》を使うべきだったか、と思っていたら、サヤが首元を手拭で押さえながら困った顔をした。

「あの、兵庫さま……そんなに見られていると恥ずかしいのですが」

「こ、これは失礼」

兵庫は慌てて前を向いた。

「それにしてもよかったです」

えっと目線を戻すと、サヤがふっと口元を緩《ゆる》めた。左の口角にある黒子《ほくろ》が色っぽい。兵庫はドギマギと目を逸《そ》らしかけて、これでは先日の二の舞になる、と慌ててサヤに問いかける。

「よかった、と言うと？」

「先だってのご様子から、何かご気分を害されたかと思っていたのです。今日は他の方が来られるのでは、と気を揉《も》んでおりました」

「いや、そんなことは全《まった》く！　私こそ、サヤ殿を楽しませるような話のひとつもできず、失礼仕《つかまつ》りました」

「楽しませるなど。ああして連れ立って歩くだけで、私はよいのです」

連れ立って歩いている今もそうなのか、と頰《ほお》を緩めかけた兵庫にサヤがピシャリと言う。

「今はお役目ですので、また別でございます」

「では、次は目白の御不動さんへご一緒いたしませんか？」

喜んでもらえるかと思ったのだが、サヤは悲しそうに首を横に振った。

「……申し訳ございません」

肩を落とす兵庫に、サヤが慌てて言う。

「兵庫さまにはなんの落ち度もございません。ただ、弟が足の骨を折りまして。道場の手が足りず、師範も難儀しているということで、実家にひと月ほど戻るお許しをいただきました」

塚原卜伝《つかはらぼくでん》の系譜であるサヤの実家は、的確な指導が評判を呼び、あちこちの大名家の家臣や旗本の用人《ようにん》が出稽古《でげいこ》に来て賑《にぎ》わっているらしい。

そんな中、若いながら師範代を務める弟の国幹《くにもと》が動けないとあっては大きな痛手だろう。

「明後日、発《た》ちます。来月の寄進日までには戻れるとは思うのですが」

「では、先だってのお詫《わ》びも兼ねて多摩《たま》までお送りさせてください」

サヤが立ち止まって、兵庫をマジマジと見つめた。

「多摩まで――実家まで来てくださるのですか」

「ええ。サヤ殿は腕が立つとは言え、このご時世、女ひとりの道中は不安もおありでしょう」

市中には牢人がウロウロしており、人里離れた道には追いはぎや人さらいも出る。

「お気遣い、ありがとうございます」

声を弾ませたサヤだったが、その顔にふっと翳《かげ》が差した。

「あの……父ともお会いになるのでしょうか」

サヤが「師範」ではなく、「父」と力を入れて言ったことを不思議に思いながら、兵庫は大きく頷《うなず》いた。

「はい。是非とも師範にお手合わせ願えれば僥倖《ぎょうこう》です。サヤ殿からもお口添えいただけませんか?」

サヤの父は水戸徳川家から乞われて、家臣たちのために多摩から稽古に出向いていた時期がある。小石川の書院務めだった兵庫は、近習や騎馬隊の者たちを押しのけてまで手合わせを願うような真似《まね》はできなかったのだ。

その出稽古に同行していた縁から、サヤは水戸徳川家の留守居役の奥勤めをすることになったし、兵庫の太刀筋も見知っている。

「承知いたしました」と頷いたものの、サヤの顔色は冴えない。

そこから急に口数も減ったから、また気分を害するようなことを言ったのだろうか、と兵庫は戸惑ったが、サヤは「別になにも」と素っ気ない。

それでも寺へ着くと、白湯《さゆ》で喉《のど》を潤《うるお》しながら多摩への道行の打ち合わせをした。

多摩までは八里(約三十キロメートル)。盛りを過ぎたとは言え、まだまだ暑い。兵庫は駕籠を使うことを提案したが、サヤは「鍛錬になりますから、徒歩で」と気の強いところを見せた。

二 毛利家の問題児

踏んだり蹴ったりとはこのことか。

雨のせいで駕籠が捕まらず、麻布の毛利家下屋敷まで老体を鞭《むち》打って走った江戸留守居役で家老の飯田《いいだ》平右衛門《へいえもん》を迎えたのは、近習の「殿がどこにもおられませぬ！」という切迫した声だった。

「いつもならば、どれほど言葉を尽くしても邸《やしき》からお出にならぬのに、肝心のときに限って……」

平右衛門はキリキリと痛む胃の腑辺りを押さえた。

「ご老中はどちらにおられる」

「一番眺《なが》めの良いお部屋でお待ちいただいております」

雨なのに眺めもへったくれもないが、そんな些末《さまつ》なことはどうでもいい。とにかく、殿をなんとか探し出さねばならない。

外桜田《そとさくらだ》にある毛利家上屋敷で執務をしている平右衛門のところに、「下屋敷に幕臣が来た」と知らせがあったのは、つい先ほどのこと。

幕臣は、老中・久世《くぜ》大和守《やまとのかみ》広之《ひろゆき》。

殿が仮病を使って八朔に登城しなかったことが知られた直後、平右衛門は江戸城で散々、老中たちに嫌味を言われたが、毛利と関わりの深い久世は事を重んじたのだろう。

綱広が引きこもっている下屋敷にわざわざ出向いてきたのも、「八朔の仮病」について、直接、苦言を呈せねばという気持ちの表れに違いない。

「殿は本当に奥にもおられぬのか！」

側室の誰かのところに隠れているのでは、と思ったのだが、近習は「隅から隅までお探しいたしました」と胸を張る。

平右衛門はガックリと肩を落とした。殿の居場所は限られている。殿の居室があり、正室や側室が住まう下屋敷と、ごく稀《まれ》に顔を出す上屋敷以外、どこへ行くというのか。

綱広には警護役の忍びをつけているが、気を利かせて殿の居場所を知らせることなど一切しない男だ。もう一人、警護をつけておけばよかった、と思っても後の祭りである。

そのとき、小姓が一人、足早にやってきた。

「飯田さま！　奥女中の一人が、殿は愛宕《あたご》の神社へおいでではないか、と申しておりましたっ」

愛宕の神社と聞いて、またもや酸っぱいものがこみ上げてきた。八朔のことを思い出したのだ。

七月に入ってから「八朔には是が非でもご登城を」と繰り返していたら、綱広はあろうことか、八朔早朝から今日のように姿をくらました。

方々手を尽くしてやっと殿を見つけたのが、ごった返している神社の境内だった。くどくどと文句を並べる平右衛門に、綱広は顎《あご》をくっと上げて言い放った。

「家中の者たちの無病息災を祈りに参ったのだ。何が悪い！」

確かにその神社では八朔に湯立《ゆだて》神事を行い、五穀豊穣、無病息災を祈る。だが、何もわざわざ殿さまがその日に祈願しに行かなくてもよいではないか。

以来、平右衛門の食欲はかなり落ちた。

「殿はまた、湯立神事を御見物か」

嫌味をぶつけることで平右衛門は鬱憤《うっぷん》を晴らそうとしたのだが、小姓はケロリとして「いえ、お気に入りの巫女《みこ》に返事を聞きに行かれたようです」と答えた。

「返事？」

「侍女《じじょ》になれ、とお声をかけられていたとか」

聞いておらぬ！と怒鳴ろうとしたが、腹に力が入らず、唸り声しか出なかった。

上様に会うことすら面倒がる綱広だが、女子《おなご》にだけは労を厭《いと》わない。滅多に出かけない癖に、出かければ好みの女子を見つけてきて下屋敷に引き入れる。

筋骨隆々とまではいかないが、二十七という若さに加え、両肩の張ったスラリとした立ち姿。色白で上品な顔立ちながら、我の強い言動。女は家柄よりも、その強引さに惹《ひ》かれるらしい。

殿の誘いを断る女はおらず、おかげで、下屋敷の奥は側室や側室候補、そのお付きの者たちで姦《かしま》しい。着物や帯、簪《かんざし》など出費も多く、それでなくとも江戸で大勢の家臣を抱える毛利家にとって、悩みの種でもあった。

恐らく、その巫女も遅かれ早かれ殿の側室に名を連ねるのだろう。同時に、女たちの静かな戦いも始まる。

此度《こたび》の女子が、正室の千姫さまとうまく折り合ってくれればよいのだが。

大きなため息をついた平右衛門は、使いに「下屋敷の長局《ながつぼね》に部屋をひとつ用意するよう伝えておけ」と命じたのだった。

その頃――綱広は下屋敷の者たちが考えた通り、愛宕の神社に向かっていた。

近習も小姓もいないが、身に着けている物は明らかに上質で、かなりの身分と分かるのだろう。市中を歩いていると物乞いや懐を狙う者の視線も感じるが、綱広は至って無頓着だった。必ず、護衛の者がいるとわかっているからだ。

綱広は、主だって護衛についている世木長三郎《せきちようざぶろう》を気に入っている。二十《はたち》とまだ若いために遠慮があるのか、先代だった父親から言い含められているのか、綱広が邸を抜け出しても近習や留守居役たちに知らせず、ただひたすら警護に注力する。年長の家臣たちの忠告や進言を鬱陶しく思う綱広にとって、有難い存在だ。

綱広は鳥居をくぐった。

湯立神事があった八朔のときは、境内に甘酒屋や饅頭《まんじゆう》売りが出ていたり、人形を面白《おもしろ》おかしく操って、子どもたちを喜ばせる傀儡師《くぐつし》などが出て賑わっていたが、今日は参拝者はほとんどおらず、下男が一人、境内《けいだい》を掃き清めているだけだ。

綱広は作法通りに参拝を終えると、拝殿の天井《てんじよう》を見た。干支《えと》の絵が描かれた恵方盤は綱広の寄進だ。平右衛門には文句を言われたが、金をかけただけあって美麗で気に入っている。

満足気に微笑《ほほえ》むと、綱広は湯立神楽《かぐら》を舞った巫女を呼び出すため、社務所へ赴《おもむ》いた。

応対に出た下女は巫女から話を聞いていたのだろう。綱広が名乗ると、慌てて奥へと駆けこんでいった。

毛利の殿さまのお声がかりを断る女子などいない。すでに荷をまとめているのであれば、この足で下屋敷に連れて帰ってもよいだろう。

案外と一筋縄ではいかぬかもしれぬが……。

綱広は本殿前に目を移し、神楽を舞っていた巫女の姿を思い出していた。

湯立神楽は本殿前、結界を張り巡らした場所で行う。

白衣《はくえ》と白袴《しろばかま》をまとった巫女は、照りつける太陽の下で首筋にうっすらと汗をかいていた。年の頃は十四、五といったところか。上背はあるが、肉づきは薄い。

幼さが残るものの、目元涼やかな整った顔は美麗好きな綱広の目を引いた。厚めに塗られた白粉《おしろい》や紅を刷《は》いた赤が不釣り合いで、それが艶《つや》めかしい。

こんな者に厄《やく》が払えるのか、と冷やかし半分で綱広は神楽の始まりを待った。

だが、杞憂《きゆう》だった。

笛の音に合わせて、巫女が粛々と神楽を舞う。慣れた手つきで煮立った釜に塩、米、酒を入れてかき混ぜると、熱に当てられた頬が上気するさまが白粉の上からでも見て取れた。

下駄履きの足元は不安定なはずなのに、身体《からだ》の芯《しん》がぶれることなく滑らかな動きだった。

神前に供える湯を器に注ぎ、三方《さんぼう》にのせて宮司に渡すと、神楽はいよいよ佳境を迎える。巫女は釜の湯に浸した榊《さかき》の枝を優雅に、それでいて鋭く払った。バシャリと湯が地面を叩く。

本来はバサバサと広がるはずの葉先が、ピタリと止まる。その収め方に、綱広は目を細めた。剣を知っている者の動きだ。

湯気に紛《まぎ》れて、巫女の気が立ちのぼり、綱広は剣術道場にいるかのような錯覚に陥った。邪気を払おうという気構えが強すぎるのだ。

この巫女、面白いな——綱広は口の端をあげた。八朔の登城の件でここのところうるさく言われていた鬱屈が、飛び散る湯に紛れて晴れていく。

榊を置いた巫女が、神楽の仕上げに神楽鈴で見物の者たちの邪気を端から丁寧に払っていく。

涼やかな音に頭《こうべ》を垂れる人々の中、綱広だけは真っすぐに巫女を見つめていた。綱広の前に立った巫女はすでに己の気を鎮めている。顔を上げたままの綱広に表情を変えることなく、頭上に鈴を差し出し、細やかに振り始める。

儚げな見た目と違い、剣を握り慣れているらしい手は力強かった。

「お待たせいたしました」

静かな男の声に、綱広は目を戻した。湯立神楽で見かけた初老の宮司がかしこまっている。

「申し訳ございませぬ。あの巫女は本日、外に出ておりまして」

間が悪い。綱広は舌打ちをした。

「戻ったら、毛利の下屋敷へ寄越せ」

否やもない。

「大膳大夫さま」

「なんだ。寄進はしておるのだから、文句はなかろう」

尊大な物言いに、さすがの宮司もムッとしたようで背筋を伸ばして告げた。

「あれは、乳母《うば》も一緒でなければ行かぬ、と申しておりました」

「それならば、乳母ともども寄越せ。一人増えるも二人増えるも大差はない」

留守居役の飯田平右衛門の冑がまた締め付けられるようなことを言い放つと、綱広はさっさと神社を後にした。

三．萩《はぎ》の花

陽が照り付ける中、サヤは兵庫と連れ立って田舎道を歩いていた。

強がって「鍛錬」と言ってしまったために、せっかくの道行が速足になってしまったが、多摩川を越えた辺りから、兵庫が立ち止まって景色を愛《め》で始めた。

幼い頃から見慣れた場所に久しぶりに戻って来たことで、サヤの肩の力も抜けていく。

勢いを増している夏萩の細い枝がところどころ、旅人の行く手を阻むように生い茂っていた。紅紫色の花を散らさぬよう、兵庫がそっと背中で枝を押し、サヤが通る道を開けてくれた。

「兵庫さま、あちらに白萩も」

夏萩の中、数株だけ白萩が咲き誇っている。駆け寄って枝を引き寄せたサヤの指先で、白い花弁が揺れた。

兵庫が目を細めて「美しいですね……」と嘆息した。

「ええ、白萩も夏萩も可憐に見えるのにたくましくて」

「サヤ殿のようですね」

不意の誉め言葉に、サヤは思わず兵庫を見つめた。

兵庫が慌てて、「たくましいというのは腕っぷしのことではなくて」と言い訳を始めるのを「そちらではなくて」と遮《さえぎ》る。

「兵庫さま。私は可憐に、見えますか？」

「ええ、もちろん」

兵庫の穏やかな笑顔が眩《まぶ》しくて、サヤは目を伏せた。

「サヤ殿」

掠《かす》れた声で呼びかけられ、サヤは顔をあげた。ゆっくりと近づいてくる兵庫の目には慈《いつく》しむような色がある。

またこの人は、私に勘違いをさせようとしている、とサヤは再び目を伏せた。

江戸を出る前、サヤは期待せぬよう自戒していた。

盛りを過ぎかけた女の実家に同行し、両親と会うことについて、兵庫がなんとも思っていなかったからだ。そこには緊張も照れも何もない。本当に単なる護衛のつもりなのだ。

もしや相手も好いてくれているのかも、と思うことが多々あっただけに、勘違いした自分が恥ずかしかったし、そうさせた兵庫を狡《ずる》いと思う八つ当たりじみた気持ちもあった。

だから、敢えて「お送りは村に入る直前までで結構です。父に指南を願われるならば、少し時をおいてからおいでください」とは言わなかったのだ。

男と連れ立って戻ってくれば、とうとう縁づくのか、と家族は勘違いして浮かれるに違いない。そうなれば、さすがの兵庫も「サヤ殿と恋仲になるつもりはございません」と言うだろう。ハッキリと断ってもらえば、いっそ諦《あきら》めもつく。それなのにこんな思わせぶりな——。

「サヤ殿」

不意に抱きしめられた。互いの汗の匂いが混じり合い、その胸に顔を埋《うず》めようとした途端、兵庫がくるっと背を向けた。

気が付けば、とてつもない殺気が周囲に満ちている。

抱きしめられたのではなかった。兵庫は殺気に気づきもしなかったサヤを、咄嗟《とっさ》に庇《かば》ったのだ。

サヤを背中で守りながら、兵庫は少し膝を落として相手と対峙する。

中肉中背、覆面を着けた男が、血管が浮き出るほどの力で握っているのは真剣だった。

サヤが声を発するよりも先に、兵庫が「ご実家まで走れますか」と囁《ささや》いた。

「私がこの男を足止めしている間に、早くお行きなさい！」

サヤは動かなかった。動くことで、張りつめた気を乱したくなかった。何より、兵庫がこの場をどう切り抜けるのか見たい、という欲望が勝《まさ》っていた。

兵庫の判断は速い。サヤを逃がすことを諦め、呼吸を整えながら、ゆっくりと刀を抜く。

サヤは息を呑んだ。

兵庫は幼い頃、目の前で祖父母を斬られたことが心の傷となっていて刀を抜かない主義だ。以前、食い詰めた牢人二人に襲われ、サヤを人質に取られたときも、体術で立ち向かおうとしていた。

それだけに、大坂で止む無く人を斬ったときは、江戸へ戻ってからも時折、思い悩んでいた。その姿を見て、この人が刀を抜くような場面をもう二度と作るまい、とサヤは決意を新たにしたのだ。

その兵庫が、いま、刀を抜いている。自分は兵庫の「守るべき者」の中に入っている——。

それだけで充分だ、と思った。サヤは兵庫の、細身ながら鍛え抜かれた背中を見つめて、頰を紅潮させた。

ジリッと土を踏んで、男二人が間合いをはかる。

覆面男の呼吸はよく知ったものだった。次の呼吸で踏み込んでくるというとき、サヤはやんわりと声をかけた。

「父上。ご無沙汰しておりました」

えっと兵庫が振り返る。隙あり、と振り下ろされた刀は兵庫の袖《そで》の端を掠めた。サヤが咄嗟に兵庫の肘《ひじ》を強く引かなければ、袈裟《けさ》懸《が》けに斬られていただろう。

「さ、サヤ殿！」

体勢を崩した兵庫を支えきれず、サヤは兵庫とともに生い茂る夏萩に倒れ込んだ。細身とは言え、男の身体《からだ》は重い。ましてや、どのように枝が生い茂っているかわからない場所だ。多少の傷も覚悟の上だったが、次の瞬間、サヤは無傷で兵庫に抱きしめられていた。倒れ込む寸前、兵庫がサヤの腕をひきつけ、身体をひねって自分が下になってくれたのだ。

「さ、サヤ、サヤ、大丈夫かっ」

泡を食った父、真壁房幹《まかべふさもと》が覆面をはぎ取り、駆け寄ってくる。

急いで身体を起こそうとしたサヤだったが、兵庫はしっかりと抱きしめたままニッコリ笑った。

「やはり、サヤ殿に萩の花は似合いますね。美しい」

萩の枝がサヤの両側に迫っている。紅紫色と白色の花弁はまるで髪飾りのように見えたのだろう。

「兵庫さま……」

房幹はこの無礼極まりない男を斬り捨ててやる、と刀を握り直したが、耳まで真っ赤になった我が娘が男の上にのったままだ。どうすることもできず、「サヤ、早くそこをどけ!」と言いながら右往左往するしかなかった。

「ご災難でございましたねぇ。本当に早合点な人で、申し訳ございません」

サヤの母・ミツは茶を出すと、そう言って頭を下げた。

「いえ、私こそ師範と気づかず、大変失礼仕りました」

「気づかなくて当然ですよ。布を巻いて顔を隠しているんですから。どちらが怪しいのか明白です」

ミツは笑ったが、房幹は「勘違いさせるほうが悪い」とずっと苦虫を嚙《か》み潰したような顔をしている。

サヤの帰りを待ちきれず、迎えに出た房幹の目には、見かけない男が愛娘を藪《やぶ》に押し倒すために近づいたように見えた。

瞬時に頭に血が上り、誰何《すいか》もなしに本気で斬り捨てようとしたが、道場は親藩である水戸と関わりが深い。水戸の殿さまに累が及んでは、と咄嗟に顔を布で覆ったのだ。

弟の国幹は添え木をした左足を伸ばしたまま、柱にもたれて興味津々《しんしん》といった顔で兵庫を見つめている。

「それで兵庫さま」

ミツがニコリと微笑《ほほえ》んだ。

「日取りはいつ頃になりそうでしょうか？」

「日取り……ですか」

湯呑を手に、兵庫は首を傾げた。

「ええ、本日はサヤを嫁に、というご挨拶《あいさつ》でございましょう？」

「は、母上……」

サヤは真っ赤になり、兵庫は湯呑を取り落としかけ、房幹は含んだ茶を噴き出した。満面の笑みを浮かべた国幹は「姉上、おめでとうございます」と座ったまま頭を下げると、襖《ふすま》を開けて下女に「祝いだ、酒を持て！」と声をかけた。

どうやら似た者夫婦、いや、似た者一家らしい。

兵庫は大汗をかきながら「師範に一度手合わせをお願いしたく、護衛としてついて来ただけ」という説明をしたのだが、サヤが真っ赤になって俯《うつむ》いているため、ミツは「では、ご挨拶はまた改めて」と勘違いしたままだ。

「相わかった。そういうことならば、手合わせ致すぞっ」

房幹が鼻息荒く立ち上がった。愛娘を奪っていきそうな男は早々に潰しておくことにしたらしい。本来の目的が果たせるとあって、兵庫も笑顔で腰を浮かしかけたのだが。

「もう夜でございますよ。兵庫さま、父上、明日になさいませ」

サヤにピシャリと言われ、房幹と兵庫は慌てて腰を下ろしたのだった。

四．若き剣士

翌日、真壁道場は早朝から常にない賑わいを見せた。

剣の道を広く伝えたい、という房幹の信条から、門弟には武士だけでなく、近隣の百姓《ひゃくしょう》たちも名を連ねる。礼儀を欠かなければ、飛び入りや力試しも歓迎だ。房幹の剣への熱い想いに、薫陶を受けたいという者が多い。

サヤは真壁道場が人気の理由をそう説明してくれたが、浮かれた様子で次々と挨拶をしにくる男たちを見ていると、サヤが戻っているという噂を聞きつけて、無沙汰の弟子たちまで押し寄せたようにしか思えなかった。

内心穏やかではなく、そんな己に（はて？）と首を傾げていた兵庫だったが、道場主である房幹が道場に足を踏み入れた瞬間、スッと背筋が伸びた。

やっと、房幹に手合わせが叶う――。

挨拶のあと、それぞれが稽古に入る中、房幹は兵庫に袋竹刀《しない》を渡した。

「昨日の約束通り、手合わせさせていただこう。娘の警護を務めてくれたとは言え、手加減せぬからそのつもりで」

「恐悦至極に存じます」

門下生たちの目が二人に注がれる。

剣先を軽く交えただけで、房幹の凄まじい気が伝ってくる。この気を受けられる喜びと驚嘆を兵庫はそのまま剣先に伝えたが、もちろん、引くつもりはない。両者激しく切り結んだ。

息を呑んだのはサヤだけではなかった。弟子たちの目にも、房幹の圧倒的な気に呑まれない兵庫は不気味にすら映る。

お互い相譲らぬ鍔《つば》競り合いの最中、房幹の気が一瞬、消えた。何かに気を取られたのか、集中が切れたのか。この機を逃すまいと、兵庫が房幹を押す腕に力を入れる。

誘われた、と気づいた瞬間、凄まじい気と共に兵庫の鍔は跳ね上げられ、房幹の剣先が兵庫の左肩で止まった。

「……参りました」

房幹が無言で頷き、竹刀を収める。礼を交わし、兵庫は大きく息を吐いた。

全く相手にはならなかったが、本気の房幹と立ち合えただけでも僥倖《ぎょうこう》だ。喜びを噛み締める兵庫を、房幹が呼んだ。

「ご覧の通り、今日は特に人手が足りぬ。戸ノ内殿は基本の型がきちんとできておるし、太刀筋も悪くない。門弟外の者との試合稽古をお頼み申したい」

驚く兵庫に、父親の顔に戻った房幹は先ほど以上の強い気を放ちながら、「サヤの相手に相応しいと認めたわけではないからな。調子にのるでないぞ」と囁いた。

「もちろんでございます！」

指折りの求道者に褒められて嬉しくないわけがない。笑顔で頭を下げる兵庫に、房幹は「いや、喜ぶのもどうかと思うが……どうにも調子が狂う男だな」と複雑な表情を浮かべた。

増え続ける牢人やならず者から身を守るため、侍ではなくとも道場へ入門する者が増えており、房幹は剣士の心得や礼儀を教え込むのに忙しい。

サヤは元からいる達者な門弟たちと型をさらい、兵庫は門弟以外の者と試合稽古をつけていく。

飛び入りや力試しの連中は、流派も腕前もさまざまだった。その中で一人、兵庫の目を引く男がいた。

まだ前髪を落としておらず、華奢《きゃしゃ》な体軀ながら立ち姿には芯が通っている。晴眼に構えた兵庫に対し、卯月《うづき》と名乗った若者は下段に構えた。足を狙ってくるのを素早く受けた兵庫は、返しを利用して竹刀を上段に振り上げた。

これまで立ち合った者たちならば、とっくに一本を取っているところだが、片手で受けた卯月はそのまま、打ち込んでくる。見た目と違って力強い。ただ、素直な質《たち》なのだろう、動きを見切りやすい。おまけに打ち込むことに気持ちが向きすぎて、足元が疎《おろそ》かになりがちだ。隙をついた兵庫が小手で仕留めたが、呼吸を整える間もなく、「まだまだ！」と再度の立ち合いを要求してきた。

負けず嫌いは、腕をあげる大切な素地だ。この若者は強くなるだろう。兵庫は緩めた口元を引き締めると、再び卯月と相対した。

ひたすら打ち合う二人は、いつしか道場内の注目を浴びたのだった。

ひとしきり汗を流した兵庫は、裏の井戸へ向かった。先客がいる。先ほどの若い剣士だ。

「先ほどはありがとうございました」

井戸の前を兵庫に譲り、丁寧に頭を下げる。整った顔をしているが、細く少し高めの声と、色白の顔にうっすらと散る雀斑《じゃくはん》（そばかす）のせいで、あどけなさが引き立つ。

年は十四と聞いて、兵庫は素直に誉めた。

「その年であれほど打ち合えるとは――これまでよい師匠に恵まれただけではなく、相当の努力もしておられたのですね」

「私など、まだまだです」

そう言いつつも、卯月の頰がほんのり紅潮している。特定の道場に札を置いているわけではなく、稽古をつけてくれる道場を巡っていたのだが、近頃はここばかりらしい。

「卯月というお名前から察するに、川越《かわごえ》や忍《おし》あたりから来られたのですか」

その名字が多い地名を出したが、卯月は首を振った。

「卯月は名字ではないのです。江戸に住まっております」

「そうでしたか。失礼仕りました」

改めて名字を名乗る様子はないが、立ち居振る舞いは侍の子のそれだ。名字を言いたくない事情があるのだろうと呑み込んだ。

「それにしても」と卯月が話を変えた。

「戸ノ内さまの剣は強いだけでなく、美しいですね。これまで何人斬られたのですか」

他意はないのだろう。尋ねる卯月の目には純粋な光がある。

兵庫は言葉を濁した。人の肉を断ち切る己の刃、降り注ぐ熱い血、今際《いまわ》の言葉――己の手で消した命を想い、兵庫はそっと呼吸を整える。

「卯月殿。この泰平の世では、侍も刀も人を斬る必要はございませんよ」

「そうでしょうか。殿に斬れと言われれば、斬るのが侍でしょう？　人であれ、己であれ」

兵庫は思わず若き剣士を見つめ返した。

「卯月殿は、家臣に易々と切腹を命じる殿さまに仕えておられるのですか」

どこの家だろう、とこれまで聞き知った殿さま数人を脳裏に浮かべる兵庫に、卯月は慌てて手を振った。

「いえ、あの、いっぱしの事を申しました。申し訳ありません。恥ずかしながら、まだ仕官が叶っておらず……」

「そうでしたか」

兵庫は少し安堵した。でき得るならば、この若者がよい殿さまと縁があることを願うばかりだ。

「卯月殿や流派の違う方々と久方ぶりに剣を交え、まだまだ鍛錬せねば、と思いました。私も江戸住まいですが、こちらにお邪魔した折は、是非また手合わせをお願いできますか」

兵庫の言葉に、卯月は残念そうに首を振った。

「実はよんどころない事情で、当分の間、こちらへ足を運ぶことができないのです。鍛錬もいままで通りできるかどうか」

それでも鈍らぬよう精進します、と卯月は歯切れよく言った。

五. 珍陀《ちんた》の酒

ひとりで多摩から戻った兵庫は、その足で古巣である水戸徳川家の上屋敷へ向かった。サヤを通じて融通してもらった通行手形を返すためだ。

病で致仕したことになっているため、顔見知りの家臣に見つかると、「おい、兵庫。いつ戻ってくるのだ」「いつまで寺で養生する気だ」と口やかましく言われる。そうなる前に退散するつもりだったのに引き留められた。

「多摩の真壁国幹殿の容態を聞きたい、とのことです」

誰が、と聞くまでもない。『彼《か》の方《かた》』だ。だが、妙だな、と兵庫は首を捻った。何かを命じたいとき、訊ねたいときは上野《うえの》や浅草《あさくさ》辺りの茶屋に呼び出されるのが常である。

今や牢人という立場である兵庫が、この邸で『彼の方』と会うには表向きの理由が必要なのだ。

兵庫は出された茶に手をつけず、考え込んだ。

なぜ、此度《こたび》はここで面会をせねばならないのか。茶屋には連れて行けない者や持っていけない物があるとしか思えない。

さほど時を置かず、兵庫は書院へと案内された。果たして、そこには『彼の方』だけでなく、老中・久世大和守広之がいた。

確かにここでなければ無理だな、と兵庫は内心苦笑した。

若い頃から市中で好き勝手に放蕩していた『彼の方』ならともかく、格式を重んじる家で生きてきた人物を、逢引で使うような薄暗い茶屋に連れて行くわけにはいかない。

久世を見ても動じない兵庫に、『彼の方』が「相変わらず、可愛げがないな。ちょっとは驚いて見せろ」と鼻を鳴らした。

「恐れながら、親藩大名の邸にご老中がおられて驚くほうが失礼かと存じます」

平伏しながらも歯切れよく言い返した兵庫に、久世がぎょっとしたのが気配でわかる。

「まあよい。楽にしろ」

そう言われても楽になどできず、正座を崩さぬままでいると、盃《さかずき》を差し出された。赤黒い、何かの生き血に見える飲み物が入っている。

一瞬躊躇《ちゅうちょ》したものの、用心しながら顔を近づけると、甘い果実の香りが立ち上った。

「これはもしかして、珍陀酒《ちんたざけ》、ですか……」

近頃、明《みん》の遺臣である高名な儒学者を招き入れた『彼の方』は、やたらと船来の珍品に凝っている。

「ほう、知っておったか。話のタネになるぞ。飲んでみろ」

酒は苦手だし、どれほど強いものかわからない。『彼の方』はもちろん、老中の前で醜態をさらしては――迷う兵庫に煽るように言う。

「おまえ、甘党だったな。この酒は甘いぞ」

そう勧めながら、美丈夫と評判の顔を朱に染めることなく、珍妙な酒を美味《うま》そうに飲んでいる。

「飲め。無礼講だ」

何をしてもお咎《とが》めなし。その一言に押されて、盃に口をつけた。

口の中に芳醇な果実の香りが広がった。甘い。これは確かに美味い。だが、ゴクリと嚥下《えんげ》した途端、カッと喉が焼けた。思わず噎《む》せる。

「つ、強いではないですか」

珍陀酒と比べると、日本酒は水の如し。

兵庫の抗議はニヤニヤと笑いながら受け流され、「甘いとは申したが、強くないとは言うておらんぞ」とやりこめられる。

言い返そうとしたら、胃の腑がジワジワと熱くなってきた。次いで顔も。頭もなんだかフワフワする。

「顔が真っ赤だぞ。大丈夫か？」

心配そうに声をかける久世に「大丈夫です」と頷くと、ぐるりと目が回りかけた。慌てて頭を固定して、ゆっくり呼吸を整える。

「——失礼いたしました。しかしながら、本日は、珍品を下賜《かし》するためにお呼びくださったわけではないのでしょう？」

「私がお頼み申したのだ」と久世が身を乗り出した。

「戸ノ内兵庫。おぬしの噂は聞いておる。あの大膳亮《だいぜんのすけ》を諫《いさ》め、言行を改めさせたおかげで、家臣たちが大層喜んでいるそうではないか」

大膳亮こと、尼崎《あまがさき》城主・青山《あおやま》大膳亮幸利《よしとし》は、かなりの短気で怒りっぽいことで有名な譜代大名だ。今は少なくなった武勇を第一とする殿さまについていけず、家臣の離反が相次いでいた。

兵庫は去る年、幸利に乞われて食客となり、不器用な殿様の本心が家臣たちに伝わるように言葉を添えたが、それだけである。

一介《いっかい》の牢人が譜代大名を操ったように思われては、幸利の立場がない。

さすがの兵庫も目をむき、弁解しようと『彼の方』を見やったが、うっすらと笑みを浮かべている。それで察した。なるほど、このとんでもない噂の出どころは目の前の豪傑らしい。

青山家家中が落ち着いてお役御免となった兵庫を、青山幸利は正式な家臣として雇い入れようと未だに画策している。その意趣返しというところか。

「その手腕を見込んで頼みがある」

久世はそう言うと、膝でにじり寄った。

「大膳大夫を知っているか」

毛利大膳大夫綱広と言えば、先だって家臣の大森辰之進が主替えの相談に来ていた。

「八朔の件でしたら、毛利家家中の者から聞き及んでおります。仮病を使われたとか」

「それならば話は早い。その仮病の一件、上様のお耳に入ってしまってな。毛利は徳川をよく思っておらぬのではないか、天下を取ろうとしているのでは、と落ち着かぬ毎日をお過ごしだ」

「まさか――」

眉をひそめた兵庫に、『彼の方』が口を挟んだ。

「あり得ぬことではない。由比正雪《ゆいしょうせつ》の弟子が毛利の家中に何人もおっただろう。そもそも、毛利は関ケ原では西軍の総大将だったのだからな」

久世も大きく頷いた。

「左様。だからこそ、慶安《けいあん》の乱の折、毛利の動きは早かったのだ。毛利を守るためには二心《ふたごころ》なしという証《あかし》が必要だった。里心ついて萩に戻っていた由比正雪の弟子も、正雪とともに自害した者の係累までも、男ならばすべて捕まえて江戸に差し出した」

久世が苦いものを嚙み潰したような顔をした。

「まだ剣の構えが覚束ない少年や腹の子までもな」

当時、久世は家綱の親衛隊とも言える小姓組番頭《こしょうぐみばんがしら》で、江戸城内の将軍警護に当たっており、由比正雪一派の処断を任されたのだ。

将軍となった直後に起こった慶安の乱は、当時、齢十一の家綱にとって大きな出来事だった。だから、謀反の気配に敏感なのだ。

「もし、徳川と毛利が争うようなことになれば、また戦乱の世になってしまう。あのとき、連座で死んだ者たちも浮かばれない」

久世が沈痛な面持ちで、兵庫を見つめた。

「仮病で引きこもっている大膳大夫が登城すれば、毛利が変わらず、徳川を支えていくつもりである、と皆に知らしめることができる。戸ノ内兵庫、その手腕をもって大膳大夫を引きずり出せ。さすれば、上様もご安堵《あんど》なされるであろう」

名門毛利家の殿さまをどうこうするなど恐れ多い、と断りたいところだが、上様を持ち出されては受けるほかない。それに戦乱の世は——刀や槍が人を殺すことが当たり前の世は、兵庫とて願い下げである。

それにしても、と兵庫は久世の生真面目《きまじめ》な顔を見つめた。

戦乱の世に戻したくないという想いはわかる。それならば先んじて、毛利を改易してしまえばよいだけだが、久世の言葉には毛利も守らねばならぬ、という気概が滲《にじ》む。何か理由があるのだろう、と思いながら、兵庫は頭を下げた。

「承知仕りました」

やってくれるか、と満面の笑みを浮かべた久世が、更に条件をつけてきた。

「来る正月二十四日に、上様が増上寺《ぞうじょう》に御参詣されることは周知のこと。その日には是が非でも、大膳大夫を御参詣の列に加わらせるように」

増上寺は徳川家の菩提寺である。大膳大夫は権現さまの曾孫に当たるため、参詣の列にいないほうがおかしいのだ。

「しかしながら、私のような身元が明らかでない者が入り込んだとなると、毛利の御家中は不穏になるのではありませんか？」

「そうだな……。囲碁指南役というのはどうだ」

「他の大名方は家元の方々が直々に御指南されるのに、無名の牢人では大膳大夫さまに失礼になるのでは」

「城に上がりさえすれば、家元の指導碁を受けられる。上がらぬ以上、指南役の格についてとやかく申す者はおらぬはず。ワシが口を添えたならば、毛利の家中も納得するであろう。実のところ、家中の者からも知恵を貸してくれと泣きつかれておる」

久世が後ろ盾になってくれるなら自由は利くのだろうが、それなりの成果を上げねばなるまい。

おまけに御参詣まで半年もない。八朔にすら出ない毛利の殿さまを引きずり出せるだろうか。

『彼の方』が淡々と言う。

「毛利に二心ありとなれば、相応の手を打たねばならぬ。大膳大夫の本音を探れ。いざとなれば、正月まで待たずに処断する」

そして、一息つくと、新たな盃に今度は日本酒を注いで兵庫に差し出した。

「ワシはこのあとしばらく、国へ帰る――兵庫。用心して務めよ」

己と兵庫との関係を知らぬ久世の前で伝えることができる、精いっぱいの言葉だった。兵庫は黙って『兄』の盃を受けた。

飲み干した酒は、珍陀酒と違って甘くはないが、優しい味がした。

六. 胃病の妙薬

毛利家の江戸留守居役・飯田平右衛門は、殿の代わりに毎日、登城している。そのため、兵庫が平右衛門に面会が叶《かな》ったのは夕刻だった。

外桜田にある上屋敷へ戻ってきた平右衛門は疲れ切っていた。気鬱そうな顔が猫背の上にのっかっている。

「はあ、あなたが大和守さまの御口添えの方で……随分とお若いですな……」

平右衛門は、殿を登城させるために久世が寄越した男に相当な期待をかけていたらしい。兵庫が綱広と同じ生まれ年だと知って肩を落としたが、「部屋には一通りのものを揃えておいた。何か要りようのものがあれば、下男に遠慮なくお申し付けを」と辛気《しんき》臭《くさ》い声で告げた。

てっきり用人の長屋を空けてくれたのかと思いきや、案内された部屋は調度品も大層立派で、庭に面していて風情もある。どう見ても上客用の部屋だった。

囲碁指南役ということだったのに、これは分不相応すぎる。

兵庫は慌てて部屋を飛び出し、廊下でつかまえた平右衛門に部屋替えを訴えた。

「遠慮なく寛《くつろ》がれよ。ご老中が口添え下さった御方に相応のお部屋をご用意しただけのこと」

あの部屋に相応なのはご老中であって、己ではない。どう反論しようかと思っているうちに、平右衛門は「では、御免」と玄関へと足を向ける。

「飯田さまは、これからどちらへ？」

家に帰ると聞いて、兵庫は形のよい眉《まゆ》をひそめた。

「この上屋敷にお住まいではないのですか」

「私を含め、ほとんどの家臣が下屋敷だ。殿が下屋敷にお住まいなのでな」

「では、大膳大夫さまはこの上屋敷には週に幾度、お出ましでしょうか」

尋ねた途端、平右衛門が猫背を更に縮こませた。

「恥ずかしながら、滅多に来られぬ。……戸ノ内殿、登城はもちろんだが、十日に一度でよいからこちらに来られるよう、殿をうまく言いくるめてはもらえまいか……」

ボソボソと力ない声を聞いていると、こちらも少々気鬱になってくる。

「飯田さま。差し出がましいのですが、胃の腑が芳《かんば》しくないようにお見受けしますが」

平右衛門は一瞬、目を見開き、胃の腑辺りを押さえた。

「兵庫殿は医術の心得がおありなのか？　いやな、どうにもこう酸っぱいものがこみ上げてきて」

「書で読んだだけの素人《しろうと》でございます。お医者さまにかかられたほうがよいかと」

「医者か」と平右衛門は渋い顔をした。

「城坊主に愛想を振りまく毎日で、医者などかかる暇がない。なに、大したことはないから、放っておいても大丈夫だ」

なるほど、と兵庫は内心頷いた。とんでもない病にかかっていると言われるのが恐ろしいのだ。

「鍼灸《しんきゅう》も漢方もあまり好きではないのだが……戸ノ内殿、何か胃の腑に効きそうな食べ物を御存知ないか」

「そうですねぇ。とりあえず――」

兵庫は平右衛門の立ち姿を見つめた。まだ五十そこそこのはずなのに、猫背のせいで老いて見える。

「飯田さま、息を吐いて、次に吸っていただけますか？」

腑に落ちない顔で、平右衛門が言われた通りにやって見せた。その呼吸は浅く短い。

「次に両の肩を後ろに引いていただけますか」

「後ろに……」

一体何をやらされているのか。戸惑いながらも平右衛門が肩を後ろに引くと、勝手に胸が張り、背筋が伸びた。

「そのまま、両の肩を耳から遠ざけてください」

「こ、こう、かな」

力を入れて後ろに引いたために上がってしまっていた肩が、ストンと落ちた。平右衛門の立ち姿が見違える。平右衛門自身も俯き気味だった目線がいきなり上がったことに驚きつつも、目を瞬《またた》かせた。

「おしまいに、先ほどのように息を吐いて、吸っていただけますか」

鼻からゆっくり吐いて、口からゆっくり吸って——平右衛門は言われるがまま、繰り返す。

大名屋敷の廊下で、留守居役と見慣れぬ侍が向かい合って面妖なことを始めたものだから、困惑した家臣たちが足を止めて様子を見守っている。

「ふむ。先ほどよりは息が続くな。しかし、私は肺の腑ではなく胃の腑が悪いのだが」

「いまのような呼吸を繰り返すことで、血や気の巡りがよくなるそうでございます。参っていた胃の腑も少し元気になってくると思います」

「さようか。心得た」

頷いたものの、半信半疑の様子だ。

そして、「飯田さまはお疲れで御乱心らしい」とヒソヒソと言葉を交わす家臣たちに気づいて真っ赤になった。「御免」と背を向けた平右衛門に、兵庫は追いすがる。

「飯田さま。恐れながら、今のままではお力になれませぬ」

平右衛門の足がピタリと止まり、青くなった顔を巡らせた。

「そ、それは何故……」

「このまま、上屋敷にいては、登城の説得どころか殿と面会もままなりませぬ。せめて、お側近くに置いていただかなければ」

「む。それは確かに……」

そこまで言ってやっと、融通の利かない留守居役は部屋を替えてくれることを承知してくれたが、「しかし、相応しい部屋があっただろうか」「客用の布団の手配は間に合うだろうか」などと下屋敷への道中にブツブツと思い悩む平右衛門はまた猫背に戻っていて、兵庫は少々申し訳なく思ったのだった。

七. 退屈しのぎの御相伴《おしょうばん》衆

平右衛門はまだ久世大和守広之の口添えということにこだわっているのか、麻布にある下屋敷の中を自ら案内してくれた。毛利の下屋敷は東西全長百十八間（約二百三十メートル）と広大である。

「戸ノ内殿にお住まいいただくのは中長屋になるが、奥以外であればどこへでも出入りしていただいても良いよう、家中の者に申し伝えておく」

「ありがとうございます」

「では、中長屋へ案内《あない》致す。夜具と前渡しの金子《きんす》は、御用方固屋《ごようかたこや》で受け取っていただきたい」

そう言いながら、庭に面した廊下へ出た平右衛門が「と、殿っ」と平伏した。

廊下の先から悠然と歩いてくるのは、色白で上品な顔立ちながら、鋭い一重の目に気の強そうな質が窺える男だった。

これが毛利大膳大夫綱広――。

兵庫も平右衛門に倣《なら》って平伏する。

通り過ぎるかと思いきや、意外にも、綱広は兵庫の前で足を止めた。

「見慣れぬ者だな」

「はっ。こちらは新しく囲碁の指南役を相務めます戸ノ内ひょ」

「ワシは囲碁なぞ、やらん。即刻追い出せ」

綱広が、平右衛門の言葉をぶった切った。

「し、し、しかし、殿……」

久世の顔がちらつくのだろう、平右衛門が慌てふためいて言葉を重ねようとするが、「やらんと言ったら、やらん！　囲碁は面白うない」と断じた。

目の前を通り過ぎる足元を見つめながら、兵庫は噂通りだ、と苦笑した。

平右衛門と会う前に少し聞きこんでみたが、綱広の評判は甚だよろしくなかった。酒と美女を好み、家臣の声に耳を傾けない。文武両道など頭にない——大名の嗜《たしな》みとされている囲碁や将棋、能など興味の外なのだ。

兵庫はすっと顔をあげた。

「殿、恐れながら申し上げます」

行きかけていた綱広の足が止まる。それと同時に、兵庫は「外」からの気を感じた。姿は見えないが、庭に忍びがいる。綱広の警護についているのだろう。

「……なんだ」

綱広が低く問い返すと、「外」の気がぐっと近くなった。綱広の命《めい》があれば、すぐにでも兵庫を斬れる間合いだ。

「私は戸ノ内兵庫と申します。囲碁指南役というのは表向きの身分。大和守さまより、殿を登城させよとの命を受けて参りました」

命じられた内容をあっさり口にした兵庫を綱広が面白そうに見下ろし、綱広に内緒で久世に泣きついた平右衛門は顔色を失くした。

「ほう。登城させよ、とな。ならばどうする？　ワシの首に縄でもつけて、城へ連れて参るか」

「そうさせていただいてよいのであれば」

「よいわけないだろう！」

突然、庭から大声が響き渡った。六尺半纏《はんてん》に股引姿の中間《ちゅうげん》だ。小柄で日に焼けていて腕は太いが、綱広や兵庫よりも年若に見える。

中間は縁側に手をつき、顔を真っ赤にして兵庫を睨みつけている。この毛利の忍びは、あまりにも無礼な口利きに我慢ができなくなって出てきたのだ。

「よい、長三郎」

綱広に言われて、長三郎と呼ばれた忍びは嫌々ながら庭へ控えた。目だけは兵庫を捉えたままだ。

「それで、おぬしはどうするつもりだ」

「殿がお城へおあがりにならない理由がわかれば、大和守さまも無理にとは申されますまい。しばし、お側へ侍らせていただき、理由を探らせていただければと存じます」

綱広は薄い唇の端を軽く引き上げて言った。

「さても、探られる一方というのは気に食わんな」

それはそうだろう。兵庫は綱広が出す交換条件をじっと待った。

「では、ワシからもおまえに頼み事を致そう」

「なんなりと」

「家中でワシの悪口を申した者がおれば知らせよ。なんと申したかも詳《つまび》らかにな」

「と、殿、なんということを……！　殿を悪く申す者などこの屋敷には、この屋敷には」

平右衛門の語尾が濁る。相当数いるのだろう。

「殿。その者たちを処断されるのですか」

綱広はフッと笑った。

「そんなことをしたら、家中の者がほとんどいなくなるではないか。処断はせぬ。裏で悪口を申す者が、ワシの前では媚びへつらうのだぞ。こちらが知っているとも知らずにな。痛快ではないか」

「何故、そのようなことを？」

「退屈しのぎよ」

登城していないから退屈なのだ、と言いたいが、それは散々、飯田平右衛門たちに言われていることであろう。兵庫は頭を下げた。

「承知仕りました」

「それにしても囲碁指南役を名乗るのは気に食わぬ。真似事でも碁盤の前に座るなど嫌だぞ、ワシは。……そうだな、何かと便利だから相伴衆という扱いにしておけ」

相伴衆ならば殿さまの側に侍っていても咎められることはないし、食客の扱いだから、二君《にくん》に事《つか》えることにもならない。常に『彼の方』の存在が頭にある兵庫としても願ったり叶ったりだ。

「有難き仕合わせに存じます」

平伏して綱広を見送ったあと、平右衛門が胃の腑辺りと口を押さえながらフラフラと立ち上がった。

「ワシはちょっと気分が……中長屋と御用方固屋の場所はそこの世木長三郎に聞いてくれ……」

よろめきながら立ち去る留守居役に同情を込めた眼差《まなざ》しを向けていると、庭に残っていた長三郎が「おい」と声をかけた。

「殿の悪口を言ってる奴がいたら、真っ先に俺に知らせろ。殿に二度と対面叶わぬよう、叩きのめしてやる」

そんな物騒なことを聞かされて、素直に応じるわけがない。笑顔で答えないでいると、長三郎は舌打ちをして「中長屋はあっち、御用方固屋はその向こうだ」と顎をしゃくって、音もなく姿を消した。

示された場所へ向かいながら考える。

果たして、殿の「退屈しのぎ」というのは本心だろうか。それとも、謀反を企てようとする動きが家中にあるのか――。

「ふむ」

何はともあれ、まずは内情を知ることだ。毛利第一の留守居役の平右衛門は外聞の悪い話は伏せるだろうから、率直に話をしてくれる相手がほしい。

兵庫の脳裏には、殿さまの愚痴をまくしたてる勘定方の侍の顔が浮かんでいた。

八・特段の理由

御用方固屋には、勘定方や御銀子方、呉服方など毛利家や家臣たちの暮らしを支える諸役が集まっている。

兵庫が勘定方の戸口から中を覗き込むと、書き物から顔を上げた大森辰之進と目が合った。垂れ目で愛嬌のある顔に驚愕が走り、次に大きく歪《ゆが》んだ。

その様子に兵庫のほうが驚いた。気づいていないだけで、己の着物や髪に何かとんでもない汚れでも付いているのだろうか。

辰之進はあちこちにぶつかりながら出てくると、兵庫の腕を取り、「ちょ、ちょっと、こちらに……」と建物の裏側、塀の際まで引っ張って行った。

「戸ノ内殿、何故ここに……もしや、先だって私が話したことをご家老に注進に参ったのか。い、いくらだ、いくら払えば黙っていてくれるのだ！」

辰之進がまくしたてながら懐に手を入れたから、兵庫は「違います、違います」と慌てて手を振った。ゆすり、たかりの類と思われては心外だ。

「何が違う！」

辰之進の動揺は収まらない。やむを得ない、嘘も方便だ。兵庫は相手を安心させるように微笑んだ。

「実は――浄晃寺の住職・練宗《れんしゅう》さまに毛利の御相伴衆のお声がかかったのですが、ご高齢であるうえ、寺の人手も足りませぬ。しかしながら、もったいないお声がけ。居候の身ではありますが、西国《さいごく》で見聞を広めた私にお鉢が回ってきたのです」

「なんだ、そうであったか」

安堵の息を吐《つ》いた辰之進とともに御用方固屋へと戻ってきたところで、落ち着いた物腰の男と鉢合わせした。

「これは失礼仕りました」

辰之進と同じ年の頃と思われる男が、丁寧に頭を下げる。大事そうに捧げ持っているたとう紙の包みには、呉服商真砂屋《まさごや》と大書きされていた。

「兵庫殿、これは呉服方の長岡左馬之助《ながおかさまのすけ》だ。左馬之助、こちらは新たに御相伴衆となられた戸ノ内兵庫殿」

その途端、左馬之助の眠たげな目がわずかに見開かれた。

「戸ノ内、兵庫殿……」

「長岡殿、よろしくお願いいたします」と頭を下げると、左馬之助が「こちらこそ」と微笑み返してきた。

「親睦《しんぼく》を深めたいところではありますが、急いでおりますので改めて」

左馬之助は申し訳なさそうにそう言うと、兵庫と辰之進の脇を抜けて足早に立ち去った。

「穏やかそうな方ですね」

「見た目は地味だし、遊びもせぬ面白みのない男だが、まめによく動く。己の手が少しでも空くと、他の手伝いを率先して引き受けるほど人が良い。戸ノ内殿、左馬之助と仲良くしておいて損はないぞ」

辰之進はポンと手を打った。

「うむ。考えてみれば、これから同じ釜の飯を食う間柄なのだな、私たちは。よし、今宵は酒席を設けて親睦を深めようぞ。一通り、顔を繋いでやろう。こういうことは最初が肝心だからな」

毛利家の内情を知りたい兵庫にとって有難い申し出だ。

「ありがとうございます。大森殿も随分と人が良い御方ですね」

「口が上手いな。辰之進でよいぞ、兵庫」

照れた辰之進は、垂れた目尻をさらに下げ、「ではまた夜に」と仕事に戻って行った。


千姫付きの奥女中・お春《はる》は足早に奥の廊下を歩いていた。奥勤めとなって半年。やっと慣れたが、毛利家の奥は広い。

正室の千姫の居室は別として、そのほかの奥勤めの者たちは巨大な長局で暮らしている。当然の如く、殿のお気に入りの度合いによって部屋の広さが違っており、側室や位の高い上臈《じょうろう》には個室が与えられ、その他の奥女中たちは二階の相部屋に数名ずつ押し込まれている。

殿のお手がつけば一人部屋に移ることができるから、殿がお渡りのとき、奥女中たちは精々着飾ってお目に留まるのをひたすら待つ。

そんな中、お春だけはお手がついていないにもかかわらず、個室を与えられていた。誰も文句は言わない。特段の理由があるからだ。

お春の実家である呉服商の真砂屋が「遅れに遅れている払いはもう結構だから、末娘のお春を奥勤めにしてくれ」と申し出たのは半年ほど前のこと。

綱広には未だ跡継ぎがいない。お手がつき、お春が男児を生《な》せば、その子はいずれ大名となる。真砂屋には箔《はく》がつき、大いなる益をもたらすだろう。

毛利家としても安くはない払いを免れた上、向後は真砂屋が値段をかなり融通すると約束したため、お春は特段の扱いを受けることになった。

お春は先ほど呉服方から受け取った包みを、御衣裳部屋ではなく自室へ持って入った。たとう紙の中身は仕立て上がったばかりの千姫さまの着物だが、咎められることはない。

真砂屋から買い入れた品には、家族からの文やちょっとした品々などが忍ばされていることがあり、それも皆、見て見ぬふりをしてくれていた。

足袋《たび》や簪《かんざし》や櫛《くし》など、実家からの品々を他の奥女中たちに気前よく分けてやっていることもあって、意地悪をする者もおらず、奥はなかなか居心地がいい。

上﨟のフサだけが、他の奥女中と区別なくお春に厳しく当たってくるが、逃げ出したくなるほどではなく、家族からの文で気鬱は十分に晴れる。

お春は分厚い文を抜き取ると、たとう紙を丁寧に包み直した。

文を開くと、小さな包みがカサリと膝の上に落ちた。掌の半分ほどの大きさの紙包みの中に「いつもの如く 巳《み》」と書かれたひと回り小さな紙包が入っており、それを慎重に開くと、ふわりと粉が舞った。

うっかり吸い込まないように急いで息を止める。

最初に受け取った文には、「奥方さまの貴重な薬だ」と書かれていたが、「絶対に舐めぬよう」「触れたら必ず手を入念に清めること」「入れる量はほんのわずかに留める」などと注意書きが並んでいるのだから、「そういうもの」なのだろうとお春は合点している。

文はすべて燃やすようにと言われたが、お春は一通目の文だけは焼かずに、押し入れの柱と板の隙間に小さく畳んで押し込んでおいた。万が一のために、誰かの指示を受けた証は残しておいたほうがいいと思ったのだ。

お春は「巳」が誰か知らない。父から「その方のご指示に従うように」としか言われておらず、「巳」からの便りは、粉がなくなるのを見計らったように実家からの文に紛れてくる。

お春は少量の粉を懐紙に包み直し、胸元に入れた。

フサの隙をついて、千姫が口にする薄茶や味噌、甘味などに粉を少量まぶすだけ。殿と違って千姫には毒味をする鬼役はついていないから造作もない。

どのみち、虚弱な千姫では殿を十分にお支えすることはできない。早々にその座を譲っていただかなければ――お春に良心の呵責《かしやく》は全くなかった。

その夜、中長屋の辰之進の部屋には酒や肴《さかな》を携えた御用方の家臣たちが次々と訪れ、すぐに気楽な宴《うたげ》となった。

辰之進の言っていた通り、左馬之助は確かにまめだった。誰かが酒をこぼせば、すかさず拭き、愛想よく酒を注いで回る。そんな左馬之助本人が飲んでいるのは、兵庫と同じく白湯だ。

「おぬしらは面白みがない」と辰之進は口を尖らせていたが、揃って「下戸なので」と断ると、「おぬしらの分も飲んでやろう」と嬉しそうに徳利を傾けた。

「日が暮れる前に少し見て回りましたが、本当にこのお邸《やしき》は広い。さすが、毛利さまですね」

兵庫の言葉に、辰之進は大きく頷いた。

「東にある池はなかなか趣《おもむき》があるし、その傍《そば》には馬場筋もあるぞ。家光公が造らせた高田馬場ほどではないが、これほど長い馬場筋がある屋敷は見たことがない。馬術の鍛錬には不足ないのだが、器だけ立派ではどうしようもないな」

陶器類などを管理している濃物方《こまもの》の若者が脇から「その通り！」と口を挟んだ。

「騎馬隊も近習も鍛錬などしておらぬ。武具は立派でも中身は空っぽだ」

辛辣《しんらつ》な若者をやんわりと宥《なだ》めたのは左馬之助だった。

「近習の方々を責めるのは如何なものでしょうか。何せ、活躍の場がないのですから、励み甲斐もないでしょう。殿が登城してくだされればよいのですが……」

それをきっかけに、酒で滑らかになった御用方の者たちの口からは、愚痴が次々と零《こぼ》れだす。

「登城しない殿さまなんぞ、聞いたことがない」

「八朔で仮病と知られたのがなぁ。先だって料理屋で会《お》うた他家の者に嫌味を言われたぞ」

「何故、仮病と知れたのですか」

兵庫が素朴な疑問を投げかけると、「よりによって八朔の日に、神社の縁日にお出ましになったのだ」「仮病を使ったのに、人目の多いところに出向くなど浅慮極まれり」とあちこちで失笑が漏れた。

話は毛利の懐具合へと移る。

「浅慮と言えば、また京の菓子やら灘《なだ》の酒やらを取り寄せろと仰せだ。火の車だとわかってはおられぬご様子」

「左馬之助。今日届けた着物は、奥方さまのところか」

辰之進が思い出したように尋《たず》ね、左馬之助は頷いた。

誰からともなく、「こうも湯水の如く金を使われては、また商人どもに借財せねばならぬ」とため息が漏れる。

左馬之助が控えめに反論を口にした。

「しかしながら、奥方さまにおかれましては致し方ないところもあります。病み上がりの奥方さまはすっかりお痩せになり、お顔の色もお悪いそうです。気晴らしも必要でしょう」

「それでは、まだまだお世継ぎなど望めぬか」

「だからと言うわけでもないのでしょうけれど……新しい女子《おなご》がくると聞きました」

左馬之助の言葉に、皆がどよめく。

「なんだと、またか」

「そういうときだけ腰が軽いな、我が殿は」

辰之進が「だが、殿のお見立てだ。見目麗しいのは間違いないだろう。目の保養にはなる」とニヤついたが、濃物方の若者は悲痛な声をあげた。

「奥方さまのお気を紛《まぎ》らわせるために、フサ殿がまた高直なものをお求めになるではないか！」

「フサ殿、というと？」

兵庫が尋ねると、盃を置いた辰之進が両のこめかみに、拳を当てて見せた。両方の拳からは人差し指が突き出ている。

「大層怖い御方だ。千姫さまのお付きの上臈でな。輿《こし》入れの際についてこられたのだ」

「新しい女子は、例の八朔で見初めた巫女だそうですよ」

左馬之助の言葉にまたもや座がどよめく。

「巫女とは珍しい。しかし、巫女に手を出すと、罰が当たるのではないのか」

「ここまで上様に無礼をしていて、罰が当たるのならとうに当たっておるだろう」

「それに天岩戸《あまのいわと》の話があるじゃないか。屋敷前で肌も露に踊ってもらって、殿さまをお城まで引っ張っていってくれんかね」

下卑た笑いが上がり、兵庫はため息をついた。なるほど、この家中では殿さまの権威も何もあったものではないらしい。

「ところで」

兵庫は家臣たちの顔をぐるっと眺めた。みな、酒のせいですでに顔が赤い。

「懐具合が心許ないということですが、出入りの商人に少し値を下げてもらうことはできぬのでしょうか」

辰之進が苦笑した。

「できぬな。天下の毛利家が、まけろ、などと申せるものか。大名家が値切ったなどと他家や市中に知られたら恥だ」

「恥ではございませぬよ」

兵庫はニッコリ笑った。

「毛利家の御条目にもあるではないですか。『先年天下より仰せ出《い》ださる旨、今以って宜《よろ》しく相守り、国中に於《お》いて専ら倹約を本《もと》として結構を致すべからず』」

大半の家臣が、あんぐりと口を開けたが、辰之進や濃物方の若者など数名は話が呑み込めない顔をしている。

「兵庫、なんだ、それは？」

「これはしたりっ。いま兵庫殿が諳《そら》んじられたのは『万治《まんじ》制法《せいほう》』の一箇条だ！」

部屋の片隅から興奮気味の声をあげたのは、それまで一人静かに酒を飲んでいた濃物方の古参・轟《とどろき》十五朗《じゆうごろう》だった。初老の男は酒が入っていると思えないほど軽やかな足取りで辰之進に近づくと、手短に説明をした。

『万治制法』は殿が二十二という若さで家中に交付した立派な御条目であること。その中でも家臣が守らねばならぬ三十三箇条を記したものが「当家制法条々」であること。毎年正月十一日に萩城で読み聞かせの儀が行われていること――。

「江戸では読み聞かせの儀はやっておらぬから、新参の辰之進や江戸生まれの者が知らぬのも当然だが、ううむ、これは由々しき事態……」

兵庫は、難しい顔で唸る十五朗から家臣たちへと目を戻した。

「毛利家の御条目には、倹約はお家の方針でもあり、更にはご公儀お墨付きと記されているのです。倹約は誉められこそすれ、侮《あなど》られたりはしないと思います」

「しかしなぁ、殿自らがお家の方針を破っておられるのは良いのだろうか」

辰之進の呟きに家臣たちが頷いたが、兵庫はゆるりと首を振った。

「倹約に励む殿さまもおられますが、お家の懐事情を知らされぬ殿さまも、必要があって金を使っている殿さまもおられます。いずれにせよ、お家の財を食い尽くさぬようにうまくやりくりするのが、御用方の皆さまのお役目ではないのですか？　言われた通りに物の売り買いをするだけならば、子どもでもできます」

穏やかな顔で手厳しい言葉を吐いた兵庫に、一同は絶句した。

静まり返った場を破ったのは、またもや十五朗だった。

「そうであった。昔は倹約せねば斬首、切腹だったのだぞ。皆の者、今世《こんせい》に生まれてよかったな」

言いながら、周囲の者たちの肩をばんばん叩いていく。

「出たぞ、十五朗殿の昔語り」

辰之進が小声で言って、叩かれた肩を撫でさすった。

十五朗は盃をぐいっと空けて酒臭い息を吐くと、顔を引き締めた。

「ただな、兵庫殿。先ほど辰之進が申した通り、毛利家が値切るのは……」

「では、出入りの商人をお増やしになるとよいでしょう」

えっ、と全員が兵庫を見た。

「値切るのではないのです。正しく値付けされた良い品を選ぶ——皆さんがこれまでのお勤めで培《つちか》われた目利きが存分に発揮できますよ。徒歩衆《かちしゆう》や騎馬隊は腕や技、御用方は頭と目と口で戦うのですから」

「確かにそれは我らにしかできぬことだな」

辰之進の言葉に他の者が大きく頷く。生来陽気者らしい辰之進は声がよく通り、それだけで皆が鼓舞されるのが分かる。

「よし、役方《やくかた》（文官）の力を見せてやろうぞ！」

愚痴を吐いていたとは思えない力強さで辰之進が盃を掲げ、皆も倣う。

内外に気を使い過ぎている飯田平右衛門の胃の腑がこれで少し落ち着くとよいのだが、と家臣たちの顔を見ていた兵庫は、冷めた顔で小さく湯呑を掲げている左馬之助に目を留めた。元来、熱くならない質なのか、それとも、あまり乗り気ではないのか。

兵庫と目が合うと、左馬之助は如才ない笑みを浮かべて、湯呑の白湯を煽《あお》った。

活気づいた家臣たちは、明日に差し支えぬようにと早々に各自の部屋へ戻って行く。兵庫も十五朗と共に辰之進の部屋を出た。

「十五朗殿、よそ者が大事な御条目を口にするなど出すぎた真似をいたしまして、失礼仕りました」

「いや、こちらこそ嫌な話ばかり聴かせて済まなかった。連中にはよい薬になった。

――そのぅ、兵庫殿。今宵のこと、殿やご家老には」

「もちろん申しません」

力を込めて言うと、十五朗は「すまぬな」と目尻の皺《しわ》を深めた。

「兵庫殿。殿はお父上以上に遊びに溺れがちに見えるが、本心から楽しんでおるようには思えぬのだ。こうして出会えたのも何かの縁。殿を、毛利をよろしく頼み申した」

十五朗から必死の熱が伝わってくる。兵庫は「及ばずながら」と言葉を返したのだった。

九．生姜湯《しょうが》と頓智《とんち》問答

昨日の酒が残っていて、頭も胃の腑も重い。綱広はこめかみを揉んだ。

側室の一人、お素《もと》が投扇《とうせん》をしたいと言い出し、盛り上がった勢いのまま酒を飲み過ぎた。胸が悪くて朝餉は食べる気になれず、今も家臣が国許の治水について何やら申している最中だが、頭に入ってこない。

「――殿、いかがでしょうか」

「よい。任せた」と手を振ると、家臣はあっさりと「では、国許にそう伝えます」と引き下がった。

飯田平右衛門が「殿」と厳しい顔を向けた。

「此度は致し方ありませぬが、もう少し熟慮されてからのほうがよいのでは」

「熟慮なら、国許で散々しておるのだろう」

「それは……そうですが」

平右衛門が顔を伏せた。相変わらず辛気臭い男だ、と思っていたら、ふっと顔を上げて作り笑いを浮かべた。

「殿。折角、早起きをされたのです。お城にあがられては？」

綱広はジロリと平右衛門を睨んだ。国許に急いで返事を送らねばならぬと言う割にはたいした中身ではなかった。早朝たたき起こしたのは、登城させたいだけか。

不愉快だが、登城について何か言えば説教が始まる。陰気にクドクド言い募られるのは嫌だ。話を変えようとしたとき、あの男の顔が頭に浮かんだ。

「戸ノ内兵庫を呼べ」

そう言ってやると、平右衛門が思い切り嫌な顔をしたから少しだけ気分がよくなった。

平右衛門は自分から久世に頼んで兵庫を引き入れた癖に、初日にあっさりと綱広に暴露されたことで、信用できぬ奴と思ったらしい。

確かに、あの余裕のある笑顔や物腰は胡散《うさん》臭い。だが、初対面で殿さまに「恐れながら」と申し上げた度胸は買うし、兵庫の言葉に平右衛門や長三郎が振り回されるさまはなかなか面白かった。

世木長三郎によると、屋敷に来た日に御用方固屋の家臣たちと仲良くなったらしい。

「半端者を多く抱えた尼崎の青山家家中は、あの者のせいでとても行儀がよくなったけれど、元来の青山家の家風と違っていると専らの噂。殿も家中の者たちを掌握されぬよう、お気をつけください」

長三郎は警戒心丸出しの顔でそう囁いたが、己が掌握できていない人心などどうでもいい、と綱広は聞き流した。

とにかく、この退屈を紛らわせてくれるならば胡散臭い牢人でも、剣の心得のある巫女でもなんでもよいのだ。

兵庫が家中の者と親しく交わっているなら好都合。さぞかし、いろいろなことを聞き及んでいることだろう。

だが、やってきた兵庫は部屋に入るなり、すぐさま言った。

「殿、恐れながら申し上げます」

言葉とは裏腹に全く恐れていない様子に、平右衛門が胃の腑辺りを押さえ、どこかに潜んでいる長三郎が殺気をたぎらせたことを肌で感じる。

先だってのやりとりで、不遜で無礼な輩《やから》とはわかっているから、綱広は鷹揚に問うた。

「なんだ」

「少々お時間をいただきとう存じます。お話は後ほど」

言うなり、さっさと退出してしまった。これにはさすがの綱広も呆気に取られた。

「と、と、殿！　あの者は無礼過ぎまする！　即刻追い出しましょうぞ！」

「大和守の口添えで参った者だろう。よいのか」

「そんなことどうでもよいのです！　殿を馬鹿にするにも程がある！」

老中の久世をどうでもいいとまで言い放った平右衛門の顔は立腹のあまり真っ赤になっていて、目には涙さえ浮かべている。

「こら。泣くほどのことか」

「泣くほどのことでございますとも！　殿はお優しすぎる。あの無礼者、即刻斬って捨ててもよいぐらいです！　殿を、毛利をなんと心得ているのか、あの男！」

「毛利、か」

綱広は失笑し、宙を見つめた。かつて五大老として豊臣家を支え、中国地方のほぼ全域を治めていた毛利には天下を取る潮目もあった。関ケ原までは。

だが、今や領地は周防《すおう》と長門《ながと》二国のみ、石高も三十万石を切る。毛利支流との争いごとを収めるだけで手いっぱいで、天下を取るなど夢のまた夢だ。

今は権現さまの系譜ということで、良くも悪くも放っておかれているが、先は既に見えている。上様あるいは老中の不興を買って改易になるか、支流が宗家となり代わるか。

綱広自身はそれでもいい、と思っていた。どうせ、誰が殿さまになっても同じこと。毛利の置かれた立場を変えられるわけがないのだ。

「お待たせいたしました」

兵庫が小姓とともに戻ってきた。どちらも湯呑をのせた盆を持っている。小姓が綱広の前に、兵庫が平右衛門の前に湯呑を置いた。

「鬼役の方のお毒見も済んでおります。どうぞお召し上がりください」

ほのかに湯気が立つ湯呑を手に取ると、土臭くも爽《さわ》やかな匂いが鼻腔をくすぐる。

「生姜湯、か」

そっと口をつけると、ピリリとした搾《しぼ》り汁の辛さに甘味が混じる。

「生姜だけだと召し上がりづらいのでは、と料理番頭が水飴《みずあめ》を溶きましてございます」

　程よい温かさの生姜湯が酒の熱が残る喉を通り、冷えていた胃の腑をじわりと温める。

「……うむ、美味《うま》いな」

「酒が残っているお口もサッパリいたします。胸が悪いのも治まりますので、お酒が過ぎた翌朝は、料理番に生姜湯か生姜粥をお申し付けください」

　どうやら兵庫は入ってきてすぐ、酒の臭いに気づいたらしい。

「では、次は生姜粥にしよう」

　兵庫は平右衛門にもにこやかに声をかける。

「飯田さまもどうぞお召し上がりください。胃の腑にも効きます」

「そうか、では……」

「毎日、殿の代わりに登城されていては気苦労も多いでしょうから」

　率直な物言いに、綱広は思わず兵庫を見た。平右衛門の湯呑に伸びかけていた手も止まる。

　兵庫が綱広に向き直った。

「殿。何故、お城にあがられぬのですか？」

いきなり核心をついてきた。綱広はゆっくりと生姜湯をすすると、問いで返した。

「それよりも、ワシが頼んだことはどうなった。家中の者がワシのことをどのように申しておるのか、聞き込んでこいと申し付けた件だ」

どうせ、悪口を言っていたのは一人二人ではないだろう。さて、どんな悪口をその涼やかな顔で伝えるか――と見守っていたら、兵庫はニコリと微笑んだ。

「殿。壁に耳あり障子に目ありと申します。私が数人から聞き及んだことを申し上げれば、それは瞬く間に御家中に広まるでしょう。さすれば、他の者は口を噤《つぐ》んでしまいます。いま、ここで申し上げるのは大層不都合かと存じます」

言葉巧みな逃げだ。面白くない――綱広は顔をしかめた。

「兵庫、その言い訳、次はないぞ」

「承知仕りました」

頭を下げた兵庫が姿勢を正した。

「それでは殿にもお答えいただきとう存じます。お城へあがられぬ理由を」

「逆に問う。あがらねばならぬ理由はなんだ？　ワシはなんの役にもついておらぬ。平右衛門が毎日あがっており、必要があれば書状も出している。それで滞りがない。

二心なしという証のため、などという建前は聞き飽きたぞ！」

「滞りがないならば、今のままでもよいと存じます」

予想に反して、兵庫は綱広の怒りをやんわりと受け流した。

「では、大和守にそう告げよ」

「ですが、お退屈なのでは？」

「城にあがったところで退屈ではないか。追従《ついしょう》に賄賂《わいろ》に腹の探り合い。時と金の無駄だ」

「ご倹約のお志、大変結構だと存じます。ただ、金で買えぬものがあります故」

「ほう、それはなんだ」

「己の目や耳、鼻を楽しませることです。こちらのお庭も大層見事なものですが、所詮は百二十間足らず。大海からすれば井でございます」

大名家の庭を井戸扱い。さすがに無礼が過ぎる。何事も穏便が信条の平右衛門が兵庫を鬼の形相で睨んだ。

「いらぬ気遣いよ。外になら出ておる。耳、と申したな。流行《はや》り歌なども知っておるぞ」

「これは失礼仕りました。ならば、どのような歌を御存知ですか」

「ワシに歌えと申すか」

「恐れながら、歌えねば知っておるうちに入らないかと」

「兵庫！　口を慎め！」

平右衛門が中腰になりながら、とうとう怒鳴った。控えの間から近習を呼んで兵庫を斬り捨てそうな勢いだ。

だが、綱広は兵庫の煽るような言い方に興が乗った。

「そうまで申すなら歌ってやろう」

上機嫌で座り直すと、閉じた扇子で拍子を取り、徐《おもむろ》に口を開いた。

「高い山かぁあら　谷そぉこ見ぃれぇば」

源五兵衛節《げんごべえぶし》だ。三味線はないが、いつになくきれいに節も回って、我ながら上手いものだと悦に入って次の節を唄いかけたら、平右衛門が悲痛な声をあげた。

「と、殿、殿！お、おやめくださいっ。毛利の殿が歌われるようなものではございませぬ。品がございませぬ！」

平右衛門はほとんど泣きながら、綱広にすがり、次に兵庫に向かって叫んだ。

「戸ノ内兵庫！　殿に悪評が立ったら、おぬしのせいだぞっ」

「悪評ですか……。的確な拍子、わざと鼻にかけたご発声、甘くも通りのよいお声だと思いましたが」

綱広は兵庫の誉め言葉に顔をほころばせた。

「兵庫、おぬしはなかなか良い耳をしておるな。気に入ったぞ」

「はっ」

「よし。気分がよいから、おぬしの顔に免じて城へ行ってやろう」

物わかりのよいところを見せると、兵庫は大きく目を見開き、平右衛門は後ろにひっくり返りそうなほど驚いた。

「と、とと、殿！　ま、ま、真《まこと》でございますかっ。いま、いまお支度を……」

「平右衛門、落ち着け。ワシは城へ行くと申したのだ。城へあがると言ったわけではない。行くのは城の前までじゃ」

最早、頓智問答である。平右衛門は真っ青になった。

「殿……お城まで行って引き返すなど、余計に不穏でござります……」

「うるさい！　兵庫の言う通り、眺めを楽しみ、民の暮らしぶりを見に行くのだ。何が不穏か」

平右衛門が助けを求めるように兵庫を見た。兵庫が大きく頷き、殿に微笑みかけた。

「では、殿、早速に御着替えを」

「こ、こら、兵庫、待たんか！　そんなことをすれば上様やご老中に」

「はい、ですから、殿さまとしてではなくただの侍としてお城まで行っていただきます。誰にも気づかれないのであれば、不穏にもならぬでしょう」

「そ、そ、そのようなこと……」

平右衛門の顔の色は青を通り越して白くなっている。綱広もムムムと顔をしかめた。

ああ言えばこう言う、食えない男だ。それどころか、押し負けている気がするのは少々不快だ。

ならば、より困らせてやろうと綱広は声をあげた。

「相分かった！　平右衛門、今日も城へあがるのであろう。ワシはおぬしの供に化けようぞ」

「それはよいお考えにござりまする」

兵庫が笑顔で手を叩いた。なんのことはない、より困ったのは飯田平右衛門だけだった――。

十．珍妙なお供たち

毛利の殿さまが中間《ちゅうげん》の恰好《かっこう》をするなどもっての外。ご先祖さまに申し訳が立たないと泣いて止める平右衛門を尻目に、綱広は長三郎に手伝わせて衣装を替えた。

「当然ですが、こざっぱりとされておりますねぇ」

長三郎は殿の姿を見てため息をついた。朝起きてすぐに顔を洗い、髭《ひげ》も整え、髪も結い直す。長三郎たち家中の者も身なりは整えるが、人の手で丁寧に行われる世話とは雲泥の差である。

そこへ同じく中間に化けた兵庫が戻ってきて、「殿、失礼仕ります」と言いながら白砂まみれの両手で殿の顔を撫《な》でた。

「な、なにをするっ」

喚《わめ》いた綱広の手足を捕まえ、兵庫はそこも撫でさする。

「殿のご様子とお衣装がちぐはぐ過ぎて悪目立ちいたします故」

兵庫はそう言って己の顔と手足も擦《こす》った。

そんなすったもんだの末に城へ向かったが、飯田平右衛門の足は重い。先触れの体《てい》で前を行くのは、中間の衣装に身を包んだ殿・毛利大膳大夫綱広と、戸ノ内兵庫。平右衛門の後ろをついてくるのは殿の護衛役・世木長三郎だ。供が多いと目を引くから、いつもの用人は不便を承知で邸へ置いてきた。

殿が登城もせず、こんなふざけた遊びをしているとわかったら、「大名がなんたる恥知らずな行い」と侮蔑され、品位を落としたと改易騒ぎになる。足が重いのも道理だ。

頼むから誰にも気づかれないように、と脂汗を流す平右衛門の気も知らず、偽中間《にせ》は「案外と涼しく歩きやすいが、市中でモロ出しは落ち着かぬな」「なぜ、このような薄くゴワゴワした布なのだ」とごちゃごちゃと文句を言っている。

おまけに胸を張った堂々たる歩き方だから、目立つことこの上ない。

「殿部《とのべ》さん」と兵庫が綱広の肩に手を置いた。「殿」をもじって「殿部」などというふざけた名前を使うことにしたらしい。

「なんだ」

「それではお仕えしている方より威張って見えます。生まれ持って備わった気品は、ご自身のお力でお隠しいただきますよう」

「そうか、気品か。滲《にじ》み出るものは仕方がなかろう」

綱広が得意げに口元を緩めたが、兵庫は「今は必要のないものでございます」とピシャリと言い返し、長三郎を指さした。

「殿部さん、長三郎さんの所作を真似てください」

毛利の殿さまが中間に何かを習うなど噴飯《ふんぱん》ものであるが、最早、平右衛門には憤る気力もない。

兵庫は綱広の隣を長三郎に譲ると、平右衛門の後ろに従った。任された長三郎も必死である。

「との、殿部さま、我らは供なのです。もう少し辺りに気を配るよう、目を動かしてください。あ、頭は動かさず!」「何かあったらすぐに動けるよう、少しお腰を低く、常に飯田さまとの間合いを一定に」

長三郎が中間らしい動きを指導している様子など見ておれず、平右衛門は肩越しに兵庫を恨みがましい目で睨んだ。

「どうして殿を止めてくれぬのだ。勘弁してくれ……寿命が縮む……」

「殿の御発案ですから。とにもかくにもお城までは行くと言われたのですから、よいではないですか」

暖簾《のれん》に腕押しである。平右衛門はため息をついた。

「今日は下馬所までなのだな？　ワシはそのままお城にあがる。長三郎がおるから大丈夫だとは思うが、殿の」

「殿部さんの」

「——殿部さんの身辺にはくれぐれも気を配るように」

「承知いたしました」

頭を下げる戸ノ内兵庫も中間の動きはできておらず、大小を差した侍の所作だった。

斯《か》くして、平右衛門は珍妙なお供たちを引き連れ、城に向かったのだった。

城へあがることが許されているのは殿さまの他は一部の家臣だけだ。供たちは下馬所で主の帰りを、或いは何か御用を申し付けられるのをひたすら待つ。

片手で数えるほどしか登城していないが、そのあと家臣たちはこうしていたのか、と綱広は新鮮な思いで、目の前に広がる多様な家紋の幟《のぼり》を眺めた。

各家の供たちの様子も様々である。のんびりと碁を打つ者や将棋を指す者もいれば、書を読む者もいる。殿が乗ってきた駕籠や馬について声高に語り合い、他家と張り合う者もいる。綱広の目には時と金と労力の無駄にしか見えない。

最も無駄と思えたのは、葉菊紋の幟を立てている連中だ。

「あの者たちはあそこで何をしておるのだ」

綱広は長三郎が差し出した水筒の水を飲みながら、その一団を目で示した。

その者たちは仁王立ちで、あちこちに鋭い目を向けている。疲れた顔をしている者はおらず、無駄口も叩いている様子がない。

「あれは——何時《いつ》いかなる時も侍である、と示したいご家中でございますね」

「このような場でそんなこと、意味があるのか」

「それが家風というものでございますよ。武を重んじる青山家でございますれば」

「ああ、あれがあの時代遅れと名高い」

そのとき、青山家家中の大男がギロリとこちらを見た。綱広には、絡まれたら厄介だとか、目を逸らすなどという気はさらさらない。睨み返す綱広を長三郎が素早く背中で隠そうとしたが、綱広のほうが上背があるから、あまり意味はなかった。

睨みつつ様子を窺っていると、その男はノシノシとこちらに近づいてきた。

こんなところで騒ぎを起こしたら、久世に気づかれ、城に無理やり引っ張り込まれるかもしれぬ。今更ながら思い至って顔をしかめたとき、足を止めた大男がヘラリと相好を崩した。

「おう、兵庫。近頃、姿が見えんと思ったらこんなところで何をしておる」

「うむ。此度は毛利に世話になっておる故」

大男は「青山家徒歩頭《がしら》、山田杢左衛門」と大声で名乗り、綱広も長三郎に倣って「毛利家江戸留守居役、飯田平右衛門家来、殿部」と名乗った。

本来は譜代と外様の家中の者が親しく交わることはよくないとされているが、兵庫が食客という扱いのせいか、杢左衛門は「兵庫。いつ寺に戻る」などと気楽な様子で尋ねてきた。

「とりあえず、年を越すまでは戻れん」

「どうせ、おぬしのことだ。また厄介な頼みを引き受けたのだろう。さっさと片をつけて戻ってこい」

『厄介な頼み』などと言われた綱広は兵庫の脇でムッとしたが、長三郎に軽く袖《そで》を引かれてなんとか平静を装う。

「それより、多摩はどうであった。泊まりだったのであろう？」

「多摩……ああ、サヤ殿のご実家か。素晴らしかった。相当に活気のある道場だ」

「そんなことは聞いておらぬ。サヤと肌を合わせたかと聞いておる」

杢左衛門が言った途端、兵庫の顔に朱が走ったものだから、綱広は目を丸くした。いつも飄々《ひょうひょう》としているこの男もこんな顔をするのか。

「杢左！　前から言っておるが、私とサヤ殿は、そ、そのような間柄ではない。サヤ殿は年頃の女子。余計な噂が立っては迷惑になるではないか」

兵庫が声を潜め、必死で言い返している。

「迷惑ではないと思うぞ。なんでもいいから、とっとと押し倒して嫁にしてしまえ」

「杢左……こんなところでそのような話は」

「いや、おぬしが奥手なのはワシもよう知っておる」

そして、杢左は懐からなにやら紙を取り出して、兵庫に突き出した。

「杢左……」

兵庫が頭を抱えたのも道理である。男女の交合を描いた枕絵である。

「ほう、枕絵か。粗雑な紙だが、それがより猥雑でよき風合いとなっておるな」

「お、殿部はなかなか目が肥えておるようだな」

「杢左、早くしまえ！」

小声で叱る兵庫に構わず、杢左衛門は綱広相手に「この絵師はいま流行りで」「この絵は誰それに似せて描かれていて」などと蘊蓄《うんちく》を垂れた後、紙をずいっと綱広に差し出した。

「これも何かの縁だ。気に入ったのなら、殿部にやろう」

「そうか。では、代わりに何か遣わそう。兵庫に言づける故、受け取れ」

いつもの殿さま口調が出て、長三郎が慌てたが、杢左衛門は「面白い男だな」とガハハと笑い飛ばした。どうやら、あまり細かいことを気にしない質らしい。

杢左衛門は綱広の肩を気安く叩くと、「礼なんぞ気にするな。代わりに、兵庫と仲良くしてやってくれ」と笑い、青山家家中の一団に戻って行った。

殿さまの肩を気安く叩くとは、と長三郎は真っ青になっているが、兵庫は「殿部さん、流石《さすが》です」とニコニコしながら言った。

「杢左は、殿のことを中間と思っておりました。上手にお化けになっているという証ではないですか」

褒められると悪い気はしない。

「そうか。またこうして暇を潰すのもよいな。だが、そろそろ疲れた。帰るぞ。駕籠を呼べ」

いくらなんでも、中間が下馬所から駕籠を使うなど周りから怪しまれる——兵庫と長三郎から必死に説得され、綱広は城から離れたところまで渋々、歩いたのだった。

十一・奥女中の品定め

綱広の正室・千姫は憂いていた。殿がまた新しい女を下屋敷に引き入れたと聞いたからだ。

「大した女子ではございませぬ」

生家からついてきた乳母・フサは断言する。上臈であり、この奥を仕切っているフサは今朝がた、新しい女とその乳母から挨拶を受けていた。

「でも……大層若いと聞いておる。殿より一回りも下だとか」

千姫は綱広より二つ下だ。

「相手は子どもです。姫さまが気に病まれるような大した女子ではございませぬ」

同じ言葉を繰り返してみたが、千姫は黙り込んでしまった。

快活だった越前松平家のお姫さまが、こうも自信なげに沈みがちになったのは、綱広のせいだ、とフサは常々憤慨している。

嫁いで七年。千姫との間に嗣子を生す前に殿が次から次へと側室を入れ、そちらにばかり足を運んでいるからだ。

千姫の耳には入らぬようにはしていたが、越前松平家でも「後継ぎはまだか」と気を揉んでいる。だが、殿が姫よりも側室や町娘たちに夢中なので、と言える訳もない。

今年に入って身ごもることができ、泣いて喜び合ったのも束の間、呆気なく流れてしまった。

身体は回復したと御典医のお墨付きをもらい、確かに顔に血の気は戻ってきたが、千姫は気分も体調もいまひとつらしく、ずっと塞ぎがちだ。食欲もない。

それなのに、殿さまと来たら見舞いどころか、中間に化けては出歩いているらしい。情けないこと、この上もない。

綱広への不満を顔に出さぬように気を付けながら、フサは千姫の手を取った。

「姫さま、よいですか。殿は美しいものがお好みなのです。そんな塞いだお顔よりも、花や鳥など愛でて明るいお顔をしていれば、また殿のお渡りもありましょう」

千姫はフッと笑った。無理に浮かべた笑顔が痛々しい。

「では、お琴のお稽古まで庭にでも出てみよう」

「ええ、ええ。そういたしましょう。ちょうどお召し物が仕立て上がっているはずですから、お召し替えを」

まだ暑い日が続いているが、幸い、今日は少し風がある。姫の気が変わらぬうちにと、フサは急いで立ち上がった。

だが、控えの間にいるはずのお春の姿が見当たらない。お春は呉服商の真砂屋から借財の返済を免除する代わりに「行儀見習いに」と押し付けられた奥女中だ。ヘソを曲げて実家に帰られては困るから、くれぐれも気をつけてほしいと飯田平右衛門からは頼まれているが、知ったことではない、とフサは思っている。

真砂屋の魂胆は見えている。おまけにお春は並の容姿だが、そうとは思っていないらしく、いつか殿のお手がつくはずと自信満々だ。もっとも、美麗好みの綱広の目には留まる様子もない。

半年もお手がつかないことに苛立った真砂屋から半ば脅され、平右衛門が二人を引き合わせたのは数日前のこと。

千姫の憂いの元を増やすならば、フサも容赦するつもりはなかったが、殿はお春の秋波には関心を見せず、「ワシの気が向くまで待て」とすげなく断ったと聞いて、さもありなん、と思った。

フサが廊下へ出たら、そのお春があろうことか姫の憂いの原因である新しい女、シヅと油を売っていた。何かを見せながら楽しそうなお春と反対に、シヅは少々困った顔をしている。

一体何を話しているのか。

「あ、フサさま」

お春の手元を覗き込んでぎょっとする。夫婦の営みを描いた枕絵だ。

「なんです、品のない」

思わず、声を潜めて叱りつけると、お春はぷくっと頬を膨らませた。

「でも、殿からいただいた大事な品なんです。これで男女の機微を学べば、お声を掛けてくださると」

枕絵で機微が学べるわけがない。適当な言い逃れだ。殿は一体、何を考えておられるのか――。

こんなものを宝物のように持ち歩いて他の女に自慢するお春が滑稽で、罪なことをされる、とまたもや綱広への憤りが湧いてくる。

できるだけ穏便に姫のお召し替えを言いつけたつもりだったが、怒気に怯《ひる》んだお春はあたふたと立ち去った。

「あの、フサさま」

シヅの少し上ずった高めの声が癇《かん》に障《さわ》る。冷たく睨み返しても動じる様子がなく、それにも腹が立った。

「殿は、いつ奥へお運びになるのでしょうか。ご挨拶をしたいのですが」

「知りませぬ」

突っぱねると、シヅは困った顔で俯いた。

この新しく来た女は巫女をしていたというだけあって、姿勢もよく、指先の動きがきれいだ。見目もよく、特に切れ長の目には十四とは思えない色気が滲み、美しいもの好きの殿さまが声をかけたのも道理だ。

ただ、化粧がひどい。白粉《おしろい》が厚すぎるのだ。この女についている乳母はこれを良し、と思っているのか。それともこの女の生国《しょうごく》では流行りなのか。

フサはシヅをキツイ目で睨みつけた。

なににせよ、この女は千姫の敵ではない。上背はあるが、肉づきは薄く、ふんわりとした柔らかさがない。幾人もの女を見てきたフサは（これは大女になる）と生来の骨太さを見抜いた。

女好きの綱広も、そんなことは承知の上だろう。少々ひねくれたところのある殿さまだ。このちぐはぐな珍品を愛でたい、と気まぐれを起こしたに違いない。

「あの、では、奥方さまにご挨拶を」

「身の程をわきまえなさい。姫さまのお手を煩わせるほどの身分ではないでしょう」

はねつけるように言ったとき、シヅが連れてきたおエイという乳母が現れた。地味な女で、奥のしきたりにも詳しくはない。ひょっとすると、こちらは町人の出かもしれない、とフサは踏んでいる。

「シヅさま、探しましたよ。お疲れでしょう。お茶が入りました」

おエイはフサなど目に入らぬように振る舞い、シヅを連れて立ち去った。

シヅ以上に気に入らないのが、あのおエイという女だ。おエイはこの屋敷へ来た日、隅から隅まで見て回った。迷うといけませんので、と言いながら。

胡散臭い——フサの勘がそう言っている。姫さまはもちろん、この下屋敷で殿に何かあっては一大事である。殿についている長三郎に一声かけておかねば。

そう心に留め置いたフサは、千姫のところへ戻る前に、余計な心配をかけぬよう笑顔をつくったのだった。

十二　思いがけぬ再会

毛利の下屋敷は広大だ。シヅは高い塀を見上げてため息をついた。茶を飲むと、おエイはあれこれと手配をしに御用方へ行ってしまい、シヅは暇を持て余していた。少ない荷ほどきを済ませると、やることは何もない。何かと言って部屋に一人でいると、奥女中たちが入れ代わり立ち代わり、様子を窺いにくる。

女たちの、粗《あら》を見つけてやろうという不躾《ぶしつけ》な目や、過ぎるほどの馴れ馴れしさに辟易《へきえき》し、長局から出て歩いていたら塀に行きついてしまった。

広大な庭の片隅には季節の花が咲いていて、薄暗さはない。こんなところにまで樹木の手入れが行き届いているのは、さすが毛利というところか。

庭の一角に咲いている花は青紫色で、烏帽子のような変わった花弁をしている。もっとよく見ようと、花に顔を近づけかけたとき、「何かお困りですか」と不意に声をかけられた。

ふり返ると、目の前に柔らかな笑みを浮かべた男が一人立っている。

シヅは息を呑んだ。何故、この男がここに――?

慌てて目を伏せたが、ドッと汗が噴き出す。己の正体が知られたら、ここにいられなくなる。殿に御目見えするまでは、どうしても追い出されるわけにはいかないのだ。

「これは申し訳ない。突然お声がけして怖がらせてしまいましたね」

「いえ……」

早くここから立ち去ったほうがいい。そうわかっているのに、足が動かない。動けば、正体を見抜かれそうな予感がある。

動揺するな、気を鎮めろ――シヅは必死で己に言い聞かせた。

あのときとは身に着けているものも、髪の結い方も違う。なにより、鼻の上と頬に散っている雀斑を隠すため、厚く白粉を塗りこめている。

気づかれるはずがないのだ。目の前の女が、多摩の剣術道場で試合稽古をつけた卯月だ、とは。

シヅが黙ったままでいると、戸ノ内兵庫は背後の邸を振り仰いだ。

「それにしても、大きなお邸ですね。お庭も見事だ。殿がこの下屋敷にばかりこもられているのも、居心地がよいせいでしょうね」

黙っているのもこちらに参ったばかりなので……」

「私はこちらに参ったばかりなので……」

黙っているのも変だと思って、常よりも高めの声をつくって応じたが、上ずってしまう。汗が背中を流れ、不快だった。

「奇遇ですね、私も新参者です。立派な池があると聞いて、見に行こうと思ったのですが、どうも方角を違えたようです。あなたは？」

「私はあてもなく……」

「そうでしたか。申し遅れました、此度、御相伴衆を申し付けられました戸ノ内兵庫と申します」

存じています、という言葉を呑み込んで、「シヅです」と短く返す。

「――シヅ殿。よろしければ、お使いください」

懐紙をシヅに差し出した兵庫が、反対の手で顔を押さえる仕草をした。厚く塗りこめた白粉が汗で流れかけていることを指摘されたシヅは、懐紙を受け取るために手を伸ばした。

その一瞬の隙をついて、兵庫が間を詰め、シヅの耳に口を寄せてきた。

「卯月殿。何か企んでおられるならば、思いとどまられたほうがよい」

不意打ちだった。狼狽《うろた》えたシヅの手から、受け取り損ねた懐紙が落ちる。

やはり、見破られていた。父の代からの十四年に及ぶ悲願の成就に大きく近づいた矢先だというのに――絶望のあまり、目の前が暗くなる。

「な、何故、男とわかったのですか……もしや、声ですか」

震える声を必死で抑えながら問う。

幼い頃から、出自を隠すため、女に見えるよう乳母のおエイと共に研鑽を重ねてきた。その甲斐あって、神社の氏子から嫁にとの声がかかるほどになり、毛利の殿さまの目にも留まった。

白粉を厚く塗って隠している雀斑は、あと数年もすれば消えるはず、とおエイは言うが、近頃、高い声が出し辛くなっていることが気がかりだったのだ。

「男とわかったのではなく、卯月殿とわかっただけでございますよ」

兵庫はシヅの目を覗き込みながら、そう言った。

「声に男女の別があるわけではありません。男だって高い声の者はおりますし、低く沈んだ声の女子もいる。ただ、先だってお会いした卯月殿とあなたの声が同じだった。高さを変えても、細いという質は同じなのです」

シヅは少し肩の力を抜いた。ということは、卯月として会ったことがない者ならば、見破られないということだ。

だが、兵庫が諭すように言う。

「決定的だったのは手です」

「手……？」

「先だって多摩の道場で手合わせを願ったときに、手が大きく、手首も鍛錬を積んだ様子が見て取れましたので」

声に疑いを持った兵庫は、手の大きさを確めるために、懐紙を差し出したのだ。人のよい顔で、こちらの嫌がることばかりをする――先だっての稽古で攻めあぐねた剣筋が思い出された。

シヅは唇《くちびる》を嚙み、両の手指を隠すように握りこんだ。おエイが水をあまり使わさぬようにと気を配り、油を塗りこんで手入れしてくれているが、骨の太さは隠せない。

来たるべき日のためにと鍛錬しているのに、おエイがあまりいい顔をしない理由がやっとわかった。

「首と手と足、それに腰。この四ヵ所は誤魔化し辛いところなのです」

他の者もすぐに気づくだろうから、女に化けることなどやめろ、と兵庫は暗に言っているのだ。だが、そうはいかない事情がある。

「見逃してください、兵庫さま」

「――何故、女子に化けて毛利に入り込んでおられるのですか」

話を聞こうという姿勢に、わずかな希望を繋ぐ。

「殿に御目見えして家臣にしていただくためでございます」

「……家臣に？　毛利に繋がる伝手《つて》を探すという正攻法を取るべきではないですか」

「私の出自では断られるためです。ですから、殿に直接お頼みを……！」

思わず声が大きくなったシヅを宥めるように、兵庫が肩に手を置いた。

「卯月殿、落ち着きなさい。それならば、女子の姿で頼むのはおかしいではないですか。伝手が駄目ならば、家中の誰かの用人になるなど段階を踏むべきです。女子を装って入り込むなど、胡乱《うろん》過ぎます。間違いなく、どこかの間者《かんじゃ》と思われますよ」

「間者など……。信じてください、殿に危害を加えるつもりは毛頭ございません。殿が無類の女好きだから、異装すれば目に留まるはずだと知恵をいただいただけでございます」

伝手に全て断られ、嘆き悲しむ卯月とおエイに策を講じてくれたのは、神社で出会った男だった。

——毛利の殿さまは女子の身分などに拘《こだわ》らぬ。とにかく、美しいものならば人でも物でも手中に収めたいのだ。おぬしの見かけならば、いずれ殿の目に留まる。直接、殿にお願いすればよいだろう。

そう言われて一筋の光が見えた。女子に化けることならば朝飯前、よき策だと思ったのだが、それは間違いだったのか——。

唇を嚙み締めたとき、「無礼者、シヅさまから離れなさい！」と鋭い声がした。おエイが血相を変えて駆け寄ってくる。

兵庫は今更ながらシヅが女子の姿であることを思い出したのか、「あ、これはご無礼を」と慌てて身体を離した。

それでも気が済まぬ様子のおエイが、シヅと兵庫の間に立ち塞《ふさ》がった。小柄な背中が大きく見える。幼い頃からシヅは、おエイにこうして幾度も守られてきた。

そうだ、おエイの恩義に報いるためにも、悲願を果たさねばならない。シヅは萎《な》えかけた気持ちを振り払った。

とにかく、殿に会う。すべてはそれから考えてもよい。間者と疑われて処断されるならば致し方ない。

「シヅさまは、殿のお声がかりの御方ですよ！」

語気を荒らげるおエイに、兵庫がポカンと口を開けた。

「殿のお声がかり……？」

おエイはシヅに向き直ると、そっと背を押した。

「シヅさま。早くお部屋へ戻りましょう」

そして、聞こえよがしに付け加える。

「殿が今宵、寝所へ来るようにとのことでございますよ」

「なに、真か」

思わず声が弾む。殿に御目見えできる。つまりは今夜、悲願に大きく近づくのだ。

「お待ちくださいい。もしや、新しく来た巫女というのは卯月殿のことだったのですか」

「――話したのですかっ」

シヅをふり返ったおエイの目に怒りの色が滲んでいる。母親代わりのおエイには弱い。シヅは身を縮めた。

「すまぬ……。兵庫殿には男の形《なり》で会うたことがあって、見抜かれてしまって」

言い終わらぬ前に、おエイが勢いよく振り向き、兵庫が後ろに飛び退った。おエイの手には懐剣が握られている。

「おエイ、待て！」

慌てておエイを後ろから抱えた。

「お離しください、正体を知られては逃せませぬ！」

シヅも必死だった。兵庫の腕前はわかっている。おエイごときが敵《かな》う相手ではないのだ。兵庫は兵庫で逃げもせず、困惑の顔でどうしたものかと思案している。

と、兵庫が唇に人差し指を当てた。

「シッ。人が来ます」

おエイは迷った様子を見せたが、ここに留まっていてはこの怪しい男とシヅの間柄が疑われるだけ、と瞬時に判断したらしい。「お部屋へ戻りましょう」と素早くシヅの手を引いた。

「兵庫殿。頼む、どうか内密に……」

振り返りつつ、小声で懇願すると、兵庫がかすかに顎を引いたのが見えた。

二人が立ち去ったのち、兵庫は落ちた懐紙を拾いあげると、傍の木を見上げて呟いた。

「私はとりあえず、彼らの出方を見ようと思っています」

と、音もなく目の前に世木長三郎が降り立った。

「……長三郎さんも進言しないおつもりですね？」

「進言もなにも」

長三郎がニヤリと笑った。

「アレが男だと言うことは、殿も御承知だ」

「なんですって。では、大膳大夫は……衆道《しゆどう》も嗜《たしな》まれるということでしょうか？」

先ほどの様子から、卯月が殿に身を預ける覚悟は見えなかったから、綱広がそのつもりなら気の毒な事だと思ったのだ。

だが、長三郎は首を横に振った。

「殿は、暇つぶしに面白い趣向があればいいのだ。そうでなければ、大名が中間の恰好をするなどあり得ん」

あれから二度、中間の恰好で市中へ出かけた殿は、他家の家臣たちからは「少々不遜な中間」と見られる程度には馴染んできたが、すでに飽いてきたらしい。だからこそ、女に化けた卯月を寝所に呼ぶ気になったのだろう。また面白きことを求めて――。

「それに毛利家家中では衆道は禁止されているし、殿は大層な女好きであられる。側室を邸に入れ過ぎて、奥方とお過ごしの暇もないぐらいだ」

その声の調子で、毛利の奥では何かと諍《いさか》いが絶えぬのだろう、ということは予想がついたし、正室の千姫への気遣いも垣間見えた。

「殿がこれに懲りて奥方に目を向けてくだされればよいがな」

そう呟いた長三郎が背を向け、姿を消そうとした瞬間、袖を兵庫がハシッと摑《つか》んだ。

「なんだ！」

動きを見切られた長三郎が、思い切り顔をしかめる。

「長三郎さん。頼みがあります」

「おまえの頼みなぞ、聞きたくもない」

そう言いながらも、長三郎は律儀に身体を兵庫へ向けた。

十三、つれない返事

卯月は生まれたときから女児として育てられてきた。おエイはその理由をきちんと話してくれたから、外では女の姿、内では男の姿と変えることに疑問を持つこともなく、立ち居振る舞いもそれぞれの姿に合わしてきた。

だが、成長するにつれて「うちの嫁に」「養女に」などという声がかかり始めた。手を出されそうになったり、身元を調べられたりするたび、住まいを転々とする羽目になり、最終的に落ち着いたのが、愛宕の神社だった。

十四になった卯月とおエイは息を潜めるように神社で裏の用をこなしていたが、美しい女子がいると聞きつけて忍んできた男に、女ではないと知られてしまった。

おエイは先の兵庫と同じように果敢に成敗しようとしたが、相手が悪かった。だらしない恰好に髪も伸ばし放題、身持ちを崩した元商人かと思いきや、手練れの牢人だったのだ。逆におエイに刃物を突き付けられ、卯月は問われるまま、自らの出自や事情を話した。

与平次《よへいじ》と名乗った男は「隠そうとするからダメなのだ」と笑い、「そういう事情なら、力になってやる」とまで言った。それまで本気で殺されると怯えていたおエイともども、拍子抜けするほどの人懐こい笑顔だった。

「この神社は毛利の邸に割合と近いし、聞くところによると、恵方盤を寄進したりしてるそうじゃないか。縁がある神社に美しい巫女がいるとなれば、女好きな殿さまならば見逃さないはずだ。毛利の家臣に取り入るよりも話が早いし、確実だ。瑕疵《かし》のある者でも、殿が承知すれば誰も反対できん」

殿さまはいつ来るともわからない。それでも与平次に言われるがまま、巫女舞や神楽舞の稽古を重ねたのは、それより他は打つ手がなかったからだ。

自分が舞うことで噂を呼び、参拝客が増えたのは嬉しい誤算だった。出自を問わずに住まわせてくれている宮司にわずかながら恩返しができたと満足しかけていたときに、綱広が現れた。

そして、与平次の狙い通り、女好きの殿さまは巫女に興味を抱いた――。

寝所へ向かう直前、卯月は乳母のおエイと水杯を交わした。女と偽ってただで済むとは思っていない。今生の別れとなる覚悟だった。

シヅという偽りの姿であっても、殿までたどり着けたことは感慨深い。

「おエイ、これまで苦労をかけたね」

「苦労とは思っておりません。どうか、うまくいきますように。卯月さまに何かございましたら、私も後を追います」

おエイは我が子を慈しむような目でそう言ったが、卯月は大きく首を振った。

「それはだめだ。騒動が起きたら私がしくじったということ。即刻、邸を出るんだ。いいね？——では、行って参ります」

女ものの寝衣に身を包んだ卯月が部屋を出ると、案内役として千姫付きのお春が灯りを携えてきた。いつものお喋り好きは影を潜め、お春は険しい顔で黙ったまま先を歩く。

他の部屋からは物音ひとつしないが、息を潜めて様子を窺っているに違いない。

「今宵、殿のお達しで控えの間は御人払いをされておられます。どうぞ、お楽しみを」

寝所の襖を閉めるお春の声には嫌味がこもっていたが、それを「らしくない」など と思う余裕は卯月にはなかった。

おエイや与平次と策を練るときに最も悩んだのが、控えの間の者たちをどうするか、だった。控えの間に人がいないならば、声を殊更《ことさら》潜めることもないし、「怪しい者」と即座に斬られることもないだろう。

卯月は安堵のため息をつくと、室内を見回した。灯りはわざと控えめにされているようで、豪奢であろう建具や寝具もはっきりと見えない。

そのまま待つこと、四半刻《しはんとき》。卯月は布団の脇で平伏して綱広を迎えた。

「待ちかねたぞ、シヅ。ワシの招きを受けてすぐ邸に来なかったのはおぬしぐらいだ。随分と勿体《もったい》ぶったな」

「……申し訳ございません」

声が上ずった。湯立神事で見かけたときは毛利の殿さまとは知らず、不躾な男としか思わなかった。毛利の殿さまと知ったいまは、醸《かも》し出す堂々たる雰囲気に圧倒された。（我らとは違う）とひしひしと肌で感じ取る。

「シヅ、顔をあげよ」

恐る恐る顔を上げると、綱広が楽し気にこちらを見つめている。ここだ、いま言わねば――だが、しくじれば次はないという緊張もあって、家臣にしてほしいという言葉が出てこない。

慣れぬ場で固くなっていると思ったのか、綱広が笑いを含んだ声で「まあ、楽にせよ。祝いの酒を用意しておいた」と手を打ち鳴らした。

酒が運び込まれる。

高直そうな酒器を載せた盆を持ってきた者を見て、綱広は苦笑し、卯月は絶句した。

しかも、その者——戸ノ内兵庫は盆を置くと、寝所の隅に腰を据えた。居座る気だ。

どういう意図かわからず、卯月は動揺した。殿に危害を加えるつもりはないと言ったが、信じていないのだろうか。

「シヅ」

名を呼ばれてハッと目を戻せば、綱広が盃を手にしていた。慌ててチロリを取り、酒を注ぐ。

その酒を一気に煽ると、綱広はチロリを奪い取り、もう一つの盃と己の盃に酒を満たした。

「おまえも飲め」

飲めないわけではないが、強くもない。そっと口をつける卯月とは対照的に、綱広は勢いよく二杯目も飲み干し、片隅に声をかけた。

「無粋な真似だな、戸ノ内兵庫」

「お祝いの御酒を御相伴させていただくために参りました」

殿の寝所、しかも初めての共寝に居座るなど斬首ものだと思うのだが、綱広はクックックと笑った。

「よく回る口だ。こんな図々しい相伴衆は見たことがない。――まあよい。シヅ、あの男に酒を注いでやれ」

盃は二つしかない。卯月は自分が干した盃を懐紙で拭い、兵庫に手渡した。そうやっているうちに落ち着いてきて、頭が少し回るようになった。

一番困るのは「邪魔が入ったから、今宵はこれまで」と殿に出て行かれることだ。次があるかはわからない。なんとしても、殿を寝所に留めねばならない。

だが、酒を注いで布団の傍に戻っても、二人きりになりたいと綱広に目で念を送るぐらいしか思いつかなかった。

「兵庫。長三郎に手引きを頼んだのか？　あれもなかなか頑《かたく》なな男だが、随分親しくなったのだな。平右衛門が言っておった通り、おぬしには人心を掌握する力があるのやもしれぬ。――ワシと違ってな」

綱広の自虐に違和感を覚え、卯月はかすかに首を傾げた。殿さまというものは勝手に人心を掌握するものではないのだろうか。

兵庫は「いただきます」と丁寧に頭を下げると、酒を干した。瞬く間に耳まで朱に染まる。どうやらすぐに顔に出る質らしい。

懐紙で拭った盃を卯月に返し、赤い顔のまま、姿勢を正した。綱広ではなく、卯月に向かって。

「シヅさま、恐れながら申し上げます」

いきなりのことに卯月は狼狽え、次に怒りがフツフツと湧いてきた。恐るるに足らぬとわかっていながら、「恐れながら」と切り出す相手が憎たらしい。シヅを演じている己は棚にあげて、卯月は兵庫を睨みつける。

兵庫は卯月の視線を平然と受け止め、言った。

「小賢しいお芝居はもうやめませんか。殿は女子ではないと初めからご承知だったそうです」

「え……」

思わず、綱広を見た。

「女子相手ならば、寝所に入って即刻、床に引き入れるからな」

そう言うと、綱広は空になったチロリに舌打ちをした。そのまま、控えの間のほうに目線をやる綱広に、兵庫が釘を刺す。

「殿。恐れながら申し上げます。昨晩も相当聞こし召しておられ、いまもお顔が浮腫《むく》んでおられます。今宵はもうお控えになったがよいでしょう」

「こんな面白い酒肴があるというにか」

趣向とかけた綱広はクックックと笑い、卯月を見やった。

「シヅ。女に化けている理由はなんだ。なぜ、ワシの誘いに乗って奥に入った」

卯月は勢いよく平伏した。畳に額を擦り付けんばかりにしながら、言葉を紡《つむ》ぐ。

「申し訳ございません。殿を謀《たばか》ったこと、お許しください。どんな咎めでもお受けする覚悟でございます。しかしながら、二心はございません。ただただ、殿に御目見《おめみえ》したい故、このような」

綱広は面倒くさそうに手を振った。

「本題に入れ」

卯月は慌てて姿勢を正すと、丹田《たんでん》に力を入れた。

「シヅというのは、女子の姿をしているときに使っている名。本名は宇野《うの》卯月と申します。どうしてもご家中にお加えいただきたく、このような暴挙に出ました。剣も使えます。馬にも乗れます。下働きでもなんでも致しますので、どうか、家臣にしていただけませんか」

綱広は、あからさまに落胆の表情を浮かべた。

「なんだ、そんなことか」

己とおエイの悲願をそんなこと呼ばわりされた卯月は、顔色を失くしながらも必死で言い募った。

「そんなこと、ではございませぬ。亡き父の十四年来の悲願なのです。父は殿に御目見えしたことはございませんが、元は御家中の」

「くだらん」

綱広が吐き捨て、卯月は言葉を失った。

「悲願だと？　死んだら終わりだ。財ならわかるが、おまえが親の悲願とやらまで引き受けることはないだろう」

卯月は呆然と綱広を見つめた。言っていることはわかる。だが、その悲願のためにこれまで生かされてきた者としては途方にくれるしかない。

黙っていた兵庫が口を挟んだ。

「殿。女と偽って入り込んだことがお断りの理由ではないのですね？」

「理由はひとつだ。ワシは家中のことなど与《あずか》り知らぬ。家臣になりたくば、飯田平右衛門に言え」

殿が家中のことを与り知らぬ、などあり得ない。この茶番をさっさと終わらせるための適当な言い訳に違いない、と思った卯月は「殿」と声をあげた。

「しかしながら、殿のお許しがあれば、ご家老方もお認めいただけると」

「くどい。平右衛門に言えと申した」

家老では駄目なのだ。父のことを知られれば、絶対に出仕は認められないだろう。話は終わり、とばかりに座ったまま伸びをした綱広に、卯月は必死ですがる。

「ですが、私は殿ご自身にお認めいただきたいのです。どうか、しばし、お傍に置いていただけませぬか。殿のお役に立てるかどうか、お見極めの機会をいただきとう存じます」

食い下がられ、少々げんなりした様子を見せた綱広だったが、不意にニヤリと笑った。

「女の姿のままでよいなら、このまま奥に置いてやる。男であることも本名も他の者には黙っておいてやろう」

思いがけない言葉に、卯月は迷った。飼い殺しになる可能性はある。だが、追い出されるという最悪のことは避けられる。肚《はら》が決まった。

「ありがとうございます！」

平伏した卯月だったが、兵庫の「殿。まだ年若い者の必死の覚悟を暇つぶしの道具にされるならば、すぐさま追い出すほうが余程親切かと存じます」という声に思わず顔を上げた。

「兵庫さま。邪魔だてをしないでいただきたい」

「卯月殿。今はよいが、いずれは女子に化けていることを周囲に気づかれる日が来るのですよ」

昼間に手首のことなどを指摘されたばかりだ。卯月は唇を噛んだ。

「確かに、それほど時はないから急いだほうがよいな」

明るい声で言ったのは綱広だ。

「え、何を、でございますか」

「シヅが奥におる間に、女に化ける手ほどきをしてもらわねば。奥の女どもが気づかぬほどの腕前だから、ワシも見事に女に化けられるのではないか」

さすがに兵庫も卯月も絶句した。

兵庫は「殿……、中間に化けるのとは訳が違いまするぞ」と苦言を呈し、卯月は「何故、そのようなことを」と戸惑いの声をあげた。

「面白そうだからに決まっておる。先だって中間に化けたときは大層面白かった。兵庫の知人などワシを大名とは思わず、淫《みだ》らな絵を押し付けてきおったぞ」

「それはもしや、お春が殿からいただいたという枕絵でございますか」

「相手にしてくれないのならば、何か支えになるものがほしいと言うからやったのだ」

綱広はずいっと卯月に顔を突き出した。

「して、シヅ。ワシは美麗な女子に化けられると思うか」

「……月代《さかやき》を布で覆い、白粉を厚く塗りこめばなんとか……」

そう言ったものの、自信はない。色白だから顔は化粧で何とかなるかもしれないが、卯月よりも上背があり、何か武術をやっていたのか、両肩が張っている。女物の着物を着ても男と知れるだろう。

だが、綱広はすっかりその気になっている。

「シヅ、近い内にまた呼ぶ。その折には女物の衣装と化粧の道具を持て。衣装は呉服方に言って上等で華やかなものを」

「殿、恐れながら申し上げます」

兵庫の声が、楽し気な綱広の言葉を遮った。

「殿が女子に化けるのは無理かと存じます」

「フン。やってみなければ、わからぬだろう」

「わかります。殿のお顔では白粉がきれいに乗りませぬ」

「年のことならば、承知の上だ」

「お年の問題ではございませぬ。不摂生のせいでございます。酒が過ぎると脾《ひ》と腎の働きも悪くなりますし、眠り足らねば、血の巡りも悪くなります。そうした血の滞りは皮の薄い目の下に現れやすいのです。額と口元にも細かいできものがたくさんできております」

卯月は無礼を承知で、綱広の顔をじっと見つめた。

灯《あか》りを落とした中でもわかる。確かに綱広の目の下が青黒い。額のところは目立たないが、口元には赤いできものもある。白目は濁り、血走っている。

「そのような不都合を隠すためには白粉を厚く塗りこまねばならず、そうすると、いくら紅を差してものっぺりして見えます。美麗にはほど遠いでしょう」

綱広はむっつりと黙り込んだ。兵庫が淡々と言葉を重ねる。

「殿。女子に本気で化けたいのなら、お肌の調子を整えてからでございます。不摂生な行いは控え、早寝早起きをお心がけください」

綱広は「ならば、女子に化けるのはやめる」とあっさり諦めた。

己がここにいる意味がなくなり、追い出されるのではと慌てた卯月を、綱広はまっすぐ指さした。

「その代わり、次はシヅの供に化ける」

「えっ」

思わず声をあげると、「シヅ。どこぞの姫に化けろ。大店《おおだな》の娘でもよいな。さすれば、供がついていてもおかしくはないだろう。どうだ？」と綱広は胸を張った。

どうだと言われても。次から次へと妙な遊びを思いつく殿さまだ。

二人の答えを聞く前に、綱広は大きな欠伸《あくび》をして立ち上がった。

「兵庫、ワシの中間の衣装をまた用意しておけ。ワシはもう寝る」

布団を蹴立てて横になった綱広に、卯月が慌てて布団をかけ、端を整える。

おエイはこの顛末《てんまつ》を聞いてなんと申すだろうか——。

寝所を下がったあとで、廊下を一人歩きながら、卯月は頭を悩ませたのだった。

十四・殿の本質

卯月の生家、宇野家が何故、断絶されたのか——それを調べるために兵庫は右筆《ゆうひつ》のところへ行った。対応してくれたのは、父親の後を継いだばかりという侍だった。

「あなたが『恐れながらの兵庫殿』ですか。お会いできて光栄です」

身なりに構わぬ質らしく、顎に短い無精髭を生やした友井利兵衛《ともいりへえ》はヘラリと笑った。勝手な通り名に苦笑しながら、兵庫は「十四、五年前の『断絶録』を見せていただきたい」と頼んだ。噂が広がることを用心して、宇野という名は出さない。

「お安い御用です。すぐお出ししましょう」

だが、『断絶録』はなかなか出てこなかった。

「おかしいな、ここにあるはずなのに」と利兵衛が同じ棚を何度も探しているのを見かねて、父親ほどの年齢の男が出てきた。

「こちらの不手際、申し訳ございませぬ。見つけ次第、お知らせいたしますので」と頭を下げ、おもねるように言った。

「毛利家の大事な記録が失せたとなれば大事。戸ノ内殿、何卒《なにとぞ》ご内密に……」

「承知いたしました」

「それにしても兵庫殿はついてないですね。ちょうどご所望の時期の『断絶録』が見当たらないなんて。鼠《ねずみ》にでも引かれたかな？」

上役の男の低姿勢に比べて、利兵衛は悪びれた様子もない。

「こら、利兵衛。おまえの落ち度だぞ！」

「でも、先だって左馬之助殿に片づけを手伝ってもらった折にはあったんですよ」

知った名前が出て、兵庫は両の眉をくっと上げた。そう言えば、辰之進が「左馬之助は、手が空くと他のところの手伝いをしている」と言っていた。もしや、左馬之助がこっそり持ち出したのだろうか？

兵庫は額に手を当てた。だが、左馬之助がそんなことをする理由がわからない。考え込んでいると、利兵衛が「ないとお困りなんですね」と顔を覗き込んできた。

「そうですね、どうしても知りたかったので」

「十四、五年前というと、慶安の乱で断絶が多かった頃ですね。由比正雪と共に自害した宇野九郎右衛門《くろうえもん》っていう牢人がいたんですが、兄弟の松木忠兵衛《まつきちゅうべえ》と宇野又右衛門《またえもん》が連座で断絶されています」

早速、宇野が二人も出てきた。

「他にも、熊谷《くまがや》又左衛門と熊谷紹味《じょうみ》も処断されてます。あ、紹味は町人ですけどね」

利兵衛がスラスラと名をあげていくから兵庫は驚いた。

「利兵衛は覚えがいいんですよ」と上役が苦笑し、利兵衛も「一度見たら忘れません」と頷いた。

「ちょっと時期がずれますけど、十九年前に欠落《かけおち》した山内五左衛門《やまうちござえもん》っていうのもいますし、二十二年前の掏摸《すり》の共犯とされたのは——」

まだまだ出てきそうだ。

「利兵衛殿。覚えておられることを書き付けておいて、『断絶録』が出てくるまでの予備とされてはいかがですか」

本物が出てきたときに見比べて、違っている箇所があれば、赤字を入れて予備とすればよい。

「おお、確かに。他の方から問い合わせがあったときに体裁《ていさい》が立ちますな。利兵衛、急ぎやっておけ」

「はあ、承知しました」

「ところで——奥方さまの病《やまい》については、こちらではなく御典医さまへお尋ねすべきですよね。長患いされて予後はあまり芳しくない、と聞きましたが」

「病じゃないですよ。御子が流れたんです」

驚いて利兵衛を見つめると、上役が声を潜めて叱った。

「こ、こら、利兵衛。軽々しく口にするでない」

「でも、これぐらい教えてさしあげないと。不手際を黙っていただく代わりでございますよ」

「そんなことをせずとも黙っておりますよ。でも、教えてくださり、ありがとうございます」

二人に頭を下げ、兵庫は部屋を出た。


「殿……またも、このようなお戯《たわむ》れを……」

殿とシヅが出かける日の朝、兵庫が中間の衣装を抱えて綱広の居室へ行くと、青白い顔をした飯田平右衛門が呻《うめ》いていた。いつにも増して猫背だ。

「しかも、此度は女子のお供ですと？　あり得ませぬ！」

「ワシが行くと申しておるのだ。シヅと殿部の通行証を用意しておけ」

「……急には無理でございます」

平右衛門の必死の抵抗を、綱広は「無理を承知で頼んでおる。おぬしにならできるであろう？」と軽くいなした。

毛利の邸は、家中の者の出入りに大層厳しい。門限もあり、もちろん、行き先も会う相手も届け出る。通行証はそれぞれの住まう組頭が差配しているが、最後は平右衛門の職分だ。

綱広のお忍びだから出さないわけにもいかないが、女子と二人だけで出かけるなど許しがたい。

「殿の正体が知れれば、ご公儀にどう思われるか。それに、女子を拐《かど》わかそうとした者が、殿に危害を加えないとも限りませぬ。せめて、兵庫と長三郎にお供させてくださいっ」

「兵庫には使いを頼むから、連れては行かぬ」

「なれば、長三郎を必ず同行させてください。さもなくば、通行証はお出しできかねます」

「わかった、わかった」

ようやく決着した。

いつの間にか姿を見せていた長三郎に着替えを手伝わせながら、綱広が兵庫を見やる。

「いまも申したが、兵庫には使いを頼みたい。平右衛門、例のものを――」

平右衛門が渋い顔で小さな木の箱を手元に引き寄せた。そっと取り出したのは、青みがかった灰色の茶器だ。すり鉢型の茶碗で図柄はない。

「美しい茶碗ですね」

「萩焼だ。青山の大男に渡しておけ」

兵庫は綱広を見た。先日会ったときの、枕絵の礼に何か遣わす、というのは本気だったのだ。

「偽りの中間がした約束とは言え、違えたりはせぬ」

己が約束したことは違わない。たとえ、口約束だったとしても。相手が誰であったとしても――この殿さまの本質は真っすぐなのだ、と兵庫は微笑んだ。

「兵庫、これを賜《たまわ》る相手はおぬしの知人だそうだが、この茶碗の侘《わ》び寂《さ》びがわかるほどの目利きであろうな?」

平右衛門が丁寧に箱に収めながら、念を押すように問うてくる。見事な萩焼だけに、行く先が気になるのも道理だ。

「それは……」

兵庫は口ごもった。杢左は枕絵については目利きかもしれないが、こうした物には疎い。以前も茶など性に合わぬ、と笑っていたほどだ。

「殿からの有難い品であるぞ。目利きなのか、否か」と迫る平右衛門に、綱広が口を出した。

「間違うな。殿からではない、殿部からだ。受け取ったものをどう使おうが、捨て置こうが先方の勝手。目くじらを立てるな」

「しかし、殿……」

「平右衛門。今日は城へあがらずともよいのか？」

平右衛門が慌てたように立ち上がった。

「行って参ります。殿、くれぐれもお気をつけくださいませ。長三郎、頼んだぞ！　殿に何かあれば切腹と心得よ」

物騒なことを言って平右衛門が退出したあと、綱広は「馬鹿馬鹿しい」と鼻を鳴らした。

「おい、長三郎。ワシに何かあっても腹を斬るなよ」

長三郎は心外そうに首を振った。

「不首尾があれば、腹を召すのは当然でございます。それが殿の御身に関わることとなれば」

「生臭いことは嫌いじゃ。おい、兵庫。しかと聞いたな」

「はっ」

平伏しながら、兵庫は足袋を履き替える綱広の足元を見つめる。真っすぐなお人柄を信ずるならば、幕府の転覆や上様に何か仕掛けるという二心はないということだ。

ただ、家中に燻《くすぶ》る殿への不信や侮りが、向後、どう動くか。それは兵庫にはまだわからなかった――。

十五．兵庫の見立て

さすが毛利、奥の玄関も立派なものだった。

朱塗りの大きな弓が壁に掛けられ、その傍に飾られた一文字に三ツ星紋のついた矢籠《しこ》には数本の矢が、足元の矢屏風《やびょうぶ》には矢が十数本飾られている。

「これは破魔弓としてなのですか、それとも武具として備えてあるのですか？」

「単に美麗だから飾っておられるのだろう」

長三郎は、兵庫の問いに小声で応じた。

「父曰《いわ》く、萩でやった鷹狩りで殿は相当な腕前を披露なさったそうだ」

鷹狩りならば、将軍や他家の大名と気安く交流できそうだが、綱広は淡々と一人で仕留めるのが性に合っているらしい。

「シヅさまのお支度が整いました」

おエイに導かれて玄関へやってきたシヅの衣装は豪華ではないが、上質だった。今日のシヅは薄化粧だ。残暑とは言え、まだ日差しは強く、綱広の「駕籠も馬も使わぬから、そのつもりで」という言葉を加味してのものだ。

兵庫と邸で再会した折、汗で厚い化粧が崩れている、と暗に指摘されたことは大きな反省点だったらしい。

雀斑も本人が気にするほどは目立たず、白粉が薄い分、若い肌の輝きがよくわかる。

見送りに出てきた奥女中たちは、うっとり見惚れているか、嫉妬に狂った目でねっとりと睨みつけているかのどちらかだった。

「ふむ、これはなかなか……」

遅れてやってきた中間姿の綱広が感嘆の声をあげた。まだ役になり切れていないのだ。殿さまの尊大な態度のまま、シヅを誉めようとした綱広の袖を、長三郎が「と、殿部さん」と慌てて引いた。

綱広はうまく化けたつもりだが、日ごろ、何かと接する機会の多い奥の者たちには到底隠せるものではない。彼らは知らぬ顔を決め込みながら、シヅではなくお供の綱広に「行ってらっしゃいませ」と頭を下げた。

綱広は周りの忖度《そんたく》に気づいておらず、シヅと長三郎を引き連れ、意気揚々と出かけて行った。その背中を、おエイが少々複雑そうな表情で見送っている。

「おエイ殿は同行されずともよいのですか」

「私は愛宕の神社へ挨拶に行くよう、シヅさまから言いつかっておりますので」

「少々お時間を取っていただくことは」

「急ぎますので」

おエイはシヅの正体を知っている兵庫を未だに油断できない相手と見ているらしく、相変わらず素っ気ない。卯月の父親について尋ねたいと思っていたのだが、あっさり振られた。

だが、その直後、千姫付きの奥女中、お春に呼び止められた。この娘はシヅを睨んでいた一人だ。

「フサさまがお呼びです」

決まった者や奥の家老の許しがある場合を除き、奥は男子禁制。おまけに女子の相手はどうにも苦手だ。

兵庫はおっかなびっくり、お春の後をついていった。

案内されたのはフサの部屋ではなく、正室・千姫の部屋だった。

豪華な設《しつら》えだ。調度も値の張るものばかり。床の間は名のある絵師の軸が飾られ、萩焼らしき花器に青紫の花が生けてある。

現れた千姫に平伏しながら、その覚束ない足取りに兵庫は眉をしかめた。

「お初にお目にかかります、戸ノ内兵庫でございます」

「かしこまらずとも、よい」

足取りばかりか、言葉も少々呂律が回っていない。

兵庫は勢いよく顔を上げた。

「なんと無礼な」と傍に控えたフサが声をあげたが、構わずにじっと千姫の顔を見つめる。調子の悪い体調を隠すためだろう、化粧は厚いが、のぼせたように目が潤んでいる。

「奥方さま、お熱がおありでは？　お顔が赤いようです」

「えっ。ひ、姫さま、失礼仕ります」

慌ててフサが千姫の額に手を当てる。

「たしかに……少々お熱があるようです。いま御典医を呼んで参ります」

「では、これにて」と退出しようとした兵庫に、千姫が「お待ちなさい」と声を上げた。

「戸ノ内兵庫、そなたの用は済んでおらぬ。フサ、お医者さまは後でよい……」

千姫の潤んだ目はギラギラと兵庫に向けられていた。兵庫は姿勢を正す。

「では、御用を承ります」

「――殿は何故、あのようなお戯れを？」

中間の真似事をしていることか、それとも、シヅに同行して外出したことか。

「仰せの通り、お戯れにござりまする」

兵庫が慎重に答えると、千姫は気だるげに脇息《きょうそく》に身体を預けた。

「殿は、あのシヅという女子を大層気に入っておいでのようだな」

「新しく奥に入られたので、何かと気にかけておられるのでしょう。殿のお優しい面が出ただけでは、と」

そうか、と千姫は呟いたが、悔しそうに声を上げたのはフサだった。

「お優しい？　ならば、何故、正室である千姫さまを気にかけてはいただけぬのですか！」

「フサ」

千姫が力なく首を横に振り、精いっぱいの笑顔を兵庫に向ける。

「よい。手間をかけた。兵庫、下がれ」

兵庫は黙って一礼すると、部屋を出た。案内しようとするお春を断り、「私よりも
奥方さまをご寝所へ。ご気分が優れないそうですので」と告げる。

お春が慌てて室内へ入るのと入れ違いに「御典医を呼んで参ります」とフサが出てきて、まだそこにいる兵庫に不快そうな顔を見せた。

「御用が済んだのに奥にグズグズと留まっていては、要らぬ疑念を抱かれましょう」

冷たく言い捨てて急ぐフサを、兵庫が静かに追う。

「フサ殿。近頃、御典医殿はあまり奥へは来られていないのですか」

「姫がいらぬ、と仰せなのです。新しい女子に夢中の殿に、千姫はまた床に伏したの

かと呆れられたくないと」

「近頃、お薬を増やされましたか」

フサが立ち止まり、怪訝《けげん》そうに兵庫を見た。

「何を申しているのです」

兵庫が周りに目を走らせると、フサは察して手近な部屋に兵庫を引き入れた。話が早くて助かる。

兵庫は声を潜めて言う。

「素人の見立てではございますが、奥方さまは附子《ぶし》を摂り過ぎておられると推察いたします」

「附子……？」

「血流をよくし、冷えにも効く生薬《しょうやく》ですが、摂取し過ぎると顔面紅潮——のぼせたように顔が赤くなったり、足元がふらついたりといった表証《ひょうしょう》が出て参ります」

フサの、兵庫を見る目が驚きに変わり、口調も改まった。

「確かに冷えと疲れの訴えがおありで、お薬が出ております。兵庫殿はお医者さまでありましたか」

「いえ。以前、仕えていた先で明より伝わった書物を読んだだけでございます。ただ、このまま、いまのお薬を飲み続けていると危のうございます」

「危ない、とは?」

「お命さえも」

フサがヒュッと息を呑んだ。

「なんということをしてくれたのだ、あの医者っ。い、いますぐ、あの藪医者を叩きだされば」

「恐れながら、申し上げます」

抑えながらも凛《りん》とした声に、フサが襖《ふすま》にかけた手を止めた。

「落ち着いてくださいませ。ここで奥方さまを助けられるのは、乳母であるフサ殿しかおらぬと思います」

フサが胸に手をやり、大きく息を吸って吐いた。

「相分かった。兵庫殿の考えをお聞かせくだされ」

「毛利家が雇い入れている御典医や薬師が不用意なことをするとは考え難いのです。もしかすると」

「……暗殺」

「それも考えに入れておいたほうがよいと思います。何しろ、奥方さまは越前松平家の出。徳川と毛利を繋ぐ方です」

「しかし、誰がそんな企みを。その附子とやらは容易く手に入るものなのでしょうか」

「私も素人なので、真に附子中毒なのか確証はありませぬ。ただ、先ほどの部屋に生けてあった花が」

「花……？　侍女たちが庭で摘んできた花を生けておるだけですが。あの花がどうしたのです」

「あの青紫の花は鳥兜《とりかぶと》といって、附子の元となり、その毒性はとても強いと聞いています。あの花を生けられたのは偶々《たまたま》かもしれませんが、毒を盛っていることを誰かがわざと示唆《しさ》しているのかもしれませぬ」

姫を案じる乳母の顔が、やり手の上臈へと変わった。

「承知いたしました。今のこと、私と御典医だけに留めておきます」

急ぎ出ようとしたフサを、兵庫は「もうひとつ」と声をかけ、再び押し留める。

「附子には子を流す作用があるそうです」

フサがカッと目を見開いた。怒りを押し殺した声で「どこからお聴き及びですか」と尋ねる。兵庫が微笑んだきり、頑として口を開かぬと見て取ると、大きなため息をついた。

「兵庫殿は、あれも何者かの仕業と？」

「可能性がある、としか申せませぬが」

「なんとお労《いたわ》しい……」

フサが袖をギュウッと握りしめた。

「そのようなことがないよう、お守りするのが私のお役目。姫のお傍には私ができるだけ控えるように致します。兵庫殿。向後、怪しき者がおれば、長三郎を通じてお知らせいたしますのでお知恵をお貸しください」

「こちらこそ、お力をお借りすることもあるかもしれませぬが、その折はよろしくお願いいたします」

頭を下げ合った二人は、無言で玄関へと急いだのだった。

十六．二萩の妙

萩焼を収めた箱を携えて、兵庫が青山家の徒歩頭である山田杢左衛門に会いに青山の邸へ行くと、生憎出かけていると言う。

毛利の殿さまから賜った器を人に預けるわけにもいかない。出直してこようとしたところで青山大膳亮幸利に捕まった。

「久しぶりだな、兵庫！」

せっかちな尼崎の殿さまは相変わらずの大きな声で、兵庫の都合も聞かず、「茶を点《た》ててやるから来い」と背を向け、ズンズン歩いていく。

「お待ちください、大膳亮さま。私はいま他家の」

「毛利の食客だろう、知っておるっ。まったく、家臣になれというワシの誘いを断り続けているくせに、他家にはホイホイと行きおって」

杢左から聞いたのかと思っていたら、幸利は兵庫が手にしている風呂敷包みを指さしてニヤリと笑った。

「なんだったら、その萩焼の茶碗で茶を点ててやろうぞ」

兵庫は思わず足を止めたが、幸利はさっさと茶室に入っていった。

何故、賜ったばかりの風呂敷包みの中身を他家の殿さまが知っているのか。あの強固な守りの毛利家に青山の忍びがいるとは考えづらい。

その謎は茶室で解けた。

「大和守さま……」

先客、久世大和守広之の姿に、兵庫が驚きの声をあげる。久世が青山の邸を訪れるほどの間柄とは知らなかった。

とは言え、久世は将軍・家綱の老中であり、幸利は先代将軍の家光の代から信の厚い譜代大名だ。不思議なことでもない。

「おぬしがここに来ると、世木から聞いてな」

「長三郎は反間《はんかん》なのですか」

あの殿を守ることしか考えておらぬ男が、毛利を偽り、他家の手の者となって動いていたとは思いもよらず、兵庫は動揺した。

久世が「そうではない」と苦笑した。

「あの男は大膳大夫を裏切れと命じられたら、腹を斬るだろう。ただ、戸ノ内兵庫の動きだけは知らせるよう、ワシが無理に承知させたのだ」

恐らく、兵庫の身を案じた『彼の方』の指図《さしず》だろう。

「大和守さま。本日はどのようなご用件で……」

「うむ」

久世は頷いただけで黙って、チラリと幸利に視線を向けた。場を借りただけで、詳しい事情は話していないらしい。

茶室には幸利が茶を点てる茶筅の音だけが静かに響く。癇症な殿さまだが、その手つきは存外丁寧だ。

幸利は茶を点て終わると、「ワシは外せぬ用があるから、これで失礼する。存分に語られよ」とあっさりと出て行った。

老中とは言え、譜代大名の幸利を茶坊主の如き扱いよう。常の幸利なら怒るところだが、老中へ貸しをひとつ作ったのは大きいのだろう。

茶を飲み終えてから、久世はやっと口を開いた。

「――大膳大夫のご様子はどうだ。何やら神社の巫女を邸に引き入れたと聞いたが、まだ登城は無理か」

「登城は気が向かぬご様子ですが、上様への二心はござらぬようです」

「そうか」と久世はため息をついた。

「まあ、それだけでも上様のお気持ちは大いに楽になるであろう。これで大膳大夫が登城してくれれば、毛利も安泰なのだが」

「恐れながら、お尋ね申し上げます」

「うむ？」

「大和守さまは毛利の後ろ盾、と考えてよろしいでしょうか」

大名それぞれに懇意にしている老中がいる。それは暗黙の了解だから、久世もあっさり、「亡くなった伊豆守《いずのかみ》から引き継いだのだ」と言った。

戦《いくさ》のない世、大名家にとって避けるべきは改易と減封。上様やご公儀の意に添わぬ行いは命取りだ。だから、老中に後ろ盾になってもらい、何かにつけ判断を仰ぐ。それに従って動けば、最悪の事態は避けられる。

かつて、毛利は『知恵伊豆』という二つ名を持つ松平伊豆守信綱《のぶつな》に誠心誠意頼み込み、後ろ盾となってもらっていた。

「飯田平右衛門の前に留守居役だった福間右衛門《ふくまうえもん》という男の熱意にほだされて、伊豆守は毛利の後ろ盾を引き受けられた。伊豆守が致仕された後、福間はワシにも頭を下げてきおった」

久世は懐かしそうに目を細めた。

「福間は殿さまに的確に進言する男であったが、飯田は真面目なだけで腰が低すぎる。お家の不利に働くようなことをする殿に意見し、命を賭して引かぬ強さがなければならぬのだが――」

「確かに飯田さまは大膳大夫さまに意見するのではなく、懇願されておられます」

「懇願もよいだろう。ただし、熱が伝わらねば何事も動かぬ」

「熱、でございますか」

いつも冷静な久世から出た意外な言葉を、兵庫は思わず繰り返した。

「福間右衛門は熱の塊《かたまり》の如き男であったぞ。由比正雪が引き起こした慶安の乱の折など三日三晩、寝ずに走り回っておった」

「由比正雪の弟子が何名かいたのでしたね」

「おぬしだから申すが――あのとき、首謀者の一人が毛利の中屋敷に潜んでおった」

えっ、と兵庫は声をあげた。

乱の首謀者を匿《かくま》っていたとなれば、毛利家を改易する格好の口実になったはず。

「もちろん、毛利は与《あずか》り知らぬこと。中屋敷に住んでいた二宮《にのみや》という男の昔馴染みが、数日滞在していただけだ。踏み込んだとき、その男は姿をくらましておった」

「与り知らぬと言い逃れられぬほどの一大事ではないですか。よく改易になりませんでしたね」

「男を泊まらせていた二宮は毛利宗家ではなく、毛利配下で、岩国《いわくに》領を治める吉川《きっかわ》家の家臣だったからな」

「なるほど――吉川家の家臣ならば、ご公儀も目を瞑らざるを得ません」

久世が苦笑した。

「さすが、水戸の書院務めだっただけある。随分と事情を呑み込んでおるな」

吉川家の功績は、関ケ原の戦いまで遡る。天下分け目の戦いの後、密約により不戦だったとはいえ、敵の総大将を務めた毛利家には厳しい処断が下されるはずだった。それを必死で止めたのが、岩国初代領主の吉川広家《ひろいえ》だ。

家康公から大いなる信を得ていた広家の嘆願で、減封と広島から萩への移封だけで済み、毛利家は存続できた――。

「中屋敷から姿をくらましたあと、男は自害したが――福間右衛門ら家中の動きも早かった。下手な動きをすれば、改易の声が大きくなる」

「それで先だって大和守さまが仰せだった、乱に関わった者、由比正雪に弟子入りした者たちの係累を処断することになったのですね」

「惨《むご》いことではあったが、おかげで毛利はお咎《とが》めなしだ。それもこれも、毛利家を何が何でも存続させるという家臣の熱があればこそ」

果たして、飯田平右衛門や家中の者にそれほどの熱があるだろうか。

兵庫は綱広から預かった箱に目を向けた。肝心の毛利の殿からの熱も、今のところ感じられない――。

引き続き宜しく頼む、と久世に言われて兵庫は青山家の上屋敷を出た。杢左はまだ帰っておらず、久しぶりに住職に挨拶をと思って浄晃寺へと足を向ける。

その境内で目当ての人物、山田杢左衛門がカコン、ガラン、カコン、ガランと薪《まき》を割っていたものだから、兵庫は呆気に取られた。もろ肌を脱いで斧《おの》を振るう姿は、譜代大名の徒歩頭には見えない。

「杢左……一体、何をしているのだ」

「おう、兵庫。いやなに、徹心に薪を割れと言われたのでな」

答えながらも、軽快に薪を割っていく。

副住職の徹心が、庫裡《くり》の外に干していた薄切りの野菜をザルに移しながら、「働かざる者、食うべからずだ」とすまし顔で言った。

単細胞で忠義心篤い杢左は、青山の殿さまの命を受けてこの寺に住まっていたことがある。

背は低いが、餓鬼大将気質が抜けない生臭坊主の徹心と大男の杢左は気質が反対で、最初こそ険悪だったものの、酒と女という共通の趣味で通じ合い、すっかり悪友になってしまった。

徹心が乾いた人参をポリポリかじりながら、「兵庫、おまえも飯を食って行くなら働けよ」と言ったが、お忍びで出た綱広とシヅの様子が気がかりだ。兵庫は首を振った。

「いや、ちょうど杢左を探していたところだった。用が済んだらすぐ戻る」

杢左は斧を置いて、手拭で汗を拭った。

「ほう。ワシに何用だ」

「先だって下馬所で会った殿部という男を覚えているか」

「殿部……ああ、あの毛利の中間者か。若いが、なかなかに面白い男だった」

「その殿部から預かってきた」

差し出された風呂敷包みの中身が茶碗と知って、杢左は案の定、苦笑した。

「粗悪な枕絵の礼に茶碗とは、随分と剛毅な男だな。しかも、あれは巷《ちまた》に溢《あふ》れている枕絵だぞ？　そんな大層な物を貰っては罰が当たる。それにワシは茶はやらん」

徹心が脇から口を挟んだ。

「猫になんとかだな。杢左、その茶碗を寺に寄進しろ。適当な由緒をでっち上げて高く売ってきてやろう」

仏道を志す者から出た言葉とは思えないが、徹心は「食っていくほうが先だ」と率直だ。そもそも、この寺が水戸から高直な寄進を受けているにもかかわらず貧乏なのは、飢えている者たちに住職がまめに炊き出しをしているせいだった。

「寄進はいかん」

兵庫は慌てて風呂敷包みを抱え込んだ。殿から賜った茶碗を売り払ったことが飯田平右衛門の耳に入ったら大事《おおごと》である。下手をすれば、青山家と毛利家の間に余分な火種を生みかねない。

「ならば、ここでお預かりすればよい」

兵庫の背後でのんびりと声を発したのは、住職の練宗だ。

「練宗さま……、ご無沙汰しておりました」

頭を下げながら、また気配に気づかなかったと兵庫は内心、ため息をついた。

剣の鍛錬をしている兵庫は、人の気には敏感な質《たち》と自負しているが、サヤとこの老いた住職の気配は摑めない。気配を消すのが上手《うま》いのだ。おまけに、痩せこけた身体からは思いもよらぬほど力が強く、敏捷だ。己が五十年修行を重ねても、この域に達せられそうもない――。

「杢左殿。茶を楽しみたいと思うたときは、ワシが点てて進ぜよう」

「ほう。ご住職自らか」と興味を引かれた様子の杢左に、練宗がニコニコと頷く。

「なんなら、今からいかがかな」

この貧乏寺には茶室などない。手足を清めた兵庫は御本尊に挨拶をしたあと、杢左とともに庫裡へ行った。

茶道具を用意する徹心が「杢左は味がわからぬのだから、干した明日葉《あしたば》でも入れてやるか」などとからかっている隣で、練宗が慎重な手つきで箱から灰色の茶碗を出した。

「ほほう。これはこれは……萩か。杢左殿、良い物を頂戴しましたな」

「ううむ。なんの変哲もない器に見えるが」

「萩の焼き物は、『一楽、二萩、三唐津』と並び評されるほどですぞ。どれ、早速一服」

練宗は茶を点てると、杢左の前に茶碗を置いた。

「作法は気にされず、こう、茶碗を両手で包むようにお持ちなさい。すぐには飲まず、器をしばし愛でるのですぞ」

言われた通り、杢左は茶碗をあちこちから眺め回しながら、「図柄などがあれば、誉めようもあるのだが」などとブツブツ言っていたが、やがて、しかめっ面で茶碗を下ろした。

「兵庫。あの殿部という男はとんでもないものを寄越したぞ」

「持っただけで、値打ちがわかったのか」

「違う。割れておる。ほれ、手が濡れた」

勧められて兵庫も持ってみたが、確かに茶がじわっと沁みだしている。

「まったく、殿部め。ワシが茶のことをあまり知らぬとみて、揶揄《からか》いおったか」

「そんなことをする男ではないのだが……」

「しかし、現にこうして割れ茶碗を寄越したではないか」

「持ち運んでいる間に、私が割ったのかもしれぬ」

「おぬしはそんな粗忽な男ではないだろう。元から割れていたのだ！」

「こら、二人とも喧嘩をするな」と徹心が珍しく仲裁に入った。

「萩焼のせいだ。説明をせぬとは、練宗さまも意地がお悪い」

練宗が「ほっほっほ」と笑った。

「徹心の申す通り。——杢左殿、この茶碗に使われている陶土は水が染み込みやすいのじゃ。漏れ出した茶によって、器の色味が変わっていく。長い時をかけてその移り変わりを楽しむことができる、見事な焼き物ですぞ」

練宗にそう言われて「なかなか面白き器だな」と感心したように頷いた杢左だったが、懐紙で手を拭きながら、「如何に楽しくても、飲むたび手が濡れるのは閉口する」と呟いた。

「大丈夫じゃ。使ううち、茶渋で細かなヒビが詰まってくるので、いずれは漏れなくなりますからな」

「それは……気が遠い話ですなぁ」

「それが茶の道というものだ」と、茶の道とは凡《およ》そかけ離れている暮らしぶりの徹心が言う。

「杢左。帰国まではせっせと茶を飲みに通え。――ああ、来るときは抹茶を持参しろよ。さもなくば、干した明日葉を供するからな」

「吝嗇《りんしょく》坊主め」

杢左が悪態を返す。兵庫は二人の様子を微笑ましく見守った。

譜代大名の参勤交代はだいたい一年ごと。あと半年もたたぬうちに、青山の徒歩頭である杢左は殿さまと共に尼崎へ帰国してしまう。悪態をついているが、さすがの徹心も、悪友の不在は寂《さび》しいのだ。

「なんだ、兵庫。何がおかしい」

「いや、別に」

揶揄いたいところだが、「寂しいものか。うるさいのがいなくなって清々する。そもそも兵庫や杢左がいると食い扶持が嵩《かさ》む」と言い返してくるだろうし、顔を合わすたびに嫌味をぶつけられそうだ。黙っているに限る。

兵庫は「では、私はこれで」と腰を上げた。

御本尊に帰りの挨拶をして本堂から出てくると、杢左が切ったまま放ったらかしにしていた薪を、徹心が束ねているところだった。

常ならば、「納屋に入れるまでがおまえの仕事だろう！」と杢左にうるさく言う徹心らしからぬ行いに、兵庫は足を止めた。

譜代大名の家中である杢左に聴かせたくない話があるということだ。兵庫も屈みこんで、薪を束ね始めた。

徹心は、庫裡をチラリと窺ってから、聞こえるかどうかの声でボソリと言った。

「大坂城を乗っ取る計画を立てた男、江戸にいるぞ」

思わず、手が止まった。

今年の正月、由比正雪一派の残党が幕府転覆を企てた。彼らは大坂城とその守りを固める尼崎城から切り崩そうとしたが、失敗に終わった。

首謀者のひとりと目される男は大坂から姿をくらまして以降、行方が杳《よう》として知れなかったのだが――。

「杉崎《すぎさき》与平次が……」

徹心が頷いた。生臭坊主・徹心の交友関係は広範にわたっている。

門徒たちはもちろん、あちこちの番所にも顔が利き、水戸以外の旗本連中や城坊主、大店《おおだな》の主人やあちこちを旅する口入れ屋、博徒や遊女などから聞き込んだ話は、時には大名家がひとつふたつお取り潰しになり兼ねないものもあったりする。

「堂々と江戸に入っているとは……ご公儀は捕えぬのだろうか」

「奴にはまだまだ仲間がいる。そいつらを根こそぎ炙《あぶ》り出したいから、当面、放っておけとのお達しだ。見張りはつけているらしい」

徹心は忌々《いまいま》しげに鼻を鳴らした。

「あの男は傀儡師の姿で、これ見よがしにあちこちの寺や神社に出入りしている。縁日には人が大勢出るからな。目付たちに気づかれぬよう仲間とやりとりしているのだろう」

「寺や神社……」

何かが引っかかった——。

「力仕事を引き受ける代わりに、飯や寝床の世話になっているらしい。嫌がられぬように転々としておる」

徹心が三白眼で兵庫を見つめた。

「数日前からは愛宕の神社——毛利に呼ばれた巫女がいた神社に戻っている」

兵庫はハッとした。

卯月が言っていた。女好きの殿さまの目を引くよう、異装すればよいと知恵をいただいた、と。女として邸に入り込むなど、意表をついたやり口だ。随分と大胆なことを考えたものだと呆れたが、杉崎与平次がつけた知恵ならばわからなくもない。

与平次と卯月たちが繋がっているならば、不穏過ぎる。

卯月が出仕を願っているのは確かだが、願いを叶える気配がない綱広に苛立っていたら？　綱広の命と引き換えに、他家に出仕が叶う約束ができていたら？

欲しいものをちらつかせ、思うように操るのは与平次の得意とする手だ。

出仕が毛利である必要がなければ、与平次に簡単に取り込まれる。やはり、卯月の父親が家中から断絶された理由が肝だ。

とりあえず、殿の無事を見届けねば——兵庫は徹心に薪を押しつけると、走りに走った。

十七．傀儡師の思惑

傀儡師は首から下げた箱を舞台に見立て、両手で傀儡と呼ばれる人形を操る。杉崎与平次も自作の箱と、安く譲ってもらった傀儡を修理し、神社や寺で縁起などを語り、銭を稼いでいた。演目によって人形の衣装や箱を変えねばならぬ手間はあるが、生来手先が器用だから苦ではない。

他の傀儡師と違ってお囃子方《はやしかた》を雇う余裕もないから、腰にぶら下げた太鼓の桴《ばち》を脚絆《きやはん》に仕込んだ凧糸《たこいと》で操作し、器用に叩く。それが物珍しいのか、案外と人気が出て、時にはお座敷から声がかかることもある。

目付に常に見張られていることはわかっているから、仲間と直接会ったのは江戸へ入った折の一度きりだ。

だが、支障はない。仲間からの知らせは銭を箱に投げ入れる際に包む紙に、与平次からの指示は見物人に礼として配っている神や仏の護符の裏に書いておけば事足りる。

器用な与平次は、護符も見様見真似で書けてしまう。人を殺すことを厭《いと》わない手で書かれた護符を人々が有難がるさまは滑稽だ。

与平次は大坂を追われたあと、敢《あ》えて江戸へ戻った。ご公儀は仲間を手繰《たぐ》るつもりらしく、与平次自身にまだ手を出してこない。その辺りが、泰平の世に慣れた侍の愚かなところだ。危ない芽はもちろん、芽が出る前の種も根こそぎ掘り起こしておかねばならぬのに。

大坂城でのしくじりを経て、与平次たちは自分たちの手駒を増やす時期と心得ていた。各地に潜んでいる仲間たちが、殿さまの求心力がない大名家を乗っ取る算段をつけているはずだ。

中でも、大大名で西軍大将だった毛利は恰好の的だ。拠点である萩城が江戸から遠いというところもよい。海の向こうの外国《とつくに》と手を組むことだってできる。

少々頭が痛いのは馬鹿な殿さまの言行だ。家臣たちに執務を丸投げなのはいい。だが、今のように八朔にすら登城せず、徳川と敵対するような動きをされていては改易されてしまう。こちらが乗っとる前にそうなっては困るのだ。

おまけに綱広は大の女好きだ。跡継ぎができてしまったら、毛利の行く末を憂う家臣たちは、これ幸いと悩みの種の殿さまを隠居させるだろう。

与平次は江戸に戻った途端、綱広の正室が身ごもったと聞いて肝を冷やした。

幸い、由比正雪の弟子が多かった家中であるし、処断からうまく漏れた者もいる。その者たちを使って、腹の子をまんまと消すことに成功した。

毛利を手中に収める日も近いと確信していたある日、仲間からの投げ銭の包み紙に嫌な名前が記されていた。

戸ノ内兵庫が毛利にいる、という――老中、久世大和守の口添えで入り込み、すっかり家中に馴染んでいるらしい。老中の考えは見えている。毛利の馬鹿殿を青山の殿さまのように改心させたいのだ。

もっとも、あのわがままな毛利の殿さまが変わるとは思えないから、お手並み拝見だ。大坂城乗っ取り計画を潰された恨みはあるものの、与平次は冷静だった。敵と雖《いえど》も、兵庫は使える駒になるかもしれない。

与平次は鎌を手に、鼻歌交じりで神社の境内を歩いた。

神社や寺で力仕事や雑用をする代わり、物置や離れや本堂を、寝床代わりに使わせてもらっている。男一人、身体を休めるにはそれで十分だった。ひと所に留まると氏子や檀家の世話焼きが現れて面倒くさいことになるが、転々としていればその心配もない。

頼まれていた草刈りを済ませたあと、与平次は作業場で傀儡の箱の修繕を始めた。宝船を模した板の仕上げをしていると、以前ここで巫女をやっていたシヅの乳母・おエイがやって来た。毛利にいる仲間から、与平次が今日は愛宕にいると聞いてきたのだろう。

おエイは与平次よりわずかに年上なだけだが、ほとんど笑わず、身なりも構わないため、老けて見える。「顔の造作は悪くないのにもったいねぇな」と揶揄うと、照れもせずに「私の顔などどうでもよいのです」と言い放った珍しい女だ。

おエイは己よりも男であるシヅの日焼けやら肌の手入れに熱心だった。いくら女子に負けないぐらい美しいだの色っぽいだのと言っても、いずれ、男臭さは隠せなくなるのに随分と無駄なことをしている、と思ったものだ。

「よう、おエイさん。よく生きていたな」

シヅが女と見紛う容姿であっても、男は男だ。どうせ、共寝で正体がバレて乳母ともども斬り捨てられるだろうと思っていた。

おエイは悔しそうに与平次を睨んだ。

「やはり……うまくいくわけがないとわかっていたのに、シヅさまにあのような知恵を授けたのですね」

「いいじゃねぇか、うまくいってんだろ」

「うまく……。さて、どうでしょう」

ため息をつきながらそう言うと、おエイは足台に腰を下ろした。

おエイから毛利家での暮らしぶりを聞いて、与平次は笑った。

「衆道はやらない癖に、男と知ってもそのまま奥に留め置くなんざ、毛利の殿さまはよほど器が大きいのか、物好きなのか」

「出仕の願いはいつもはぐらかされておいでです」

おエイは疲れた顔で呟いた。

それはそうだろう。女に化けて奥に入り込む者に信など置けるわけがない。だが、奥に留め置かれるというのは好都合だ。万が一のときに駒として使える。

「物好きな殿さまが何を考えているのかはわからんが、傍に置いてもらえるならば機会もあるんじゃないか」

「そうでしょうか」

「考えてもみろよ、おエイさん。卯月が取り立てられて近習になり、殿と共に江戸城にあがる姿をさ」

　言った途端、中空を見つめるおエイの顔がうっとりとなり、先ほどとは違うため息が漏れる。

「そんな日が来れば、亡くなられた旦那さまや奥さまがどれほどお喜びになることか」

「だろう？　そんで隙を見て上様の首を取っちまえば、日ノ本で天下を取れるぜ」

　おエイが勢いよく立ち上がり、戸口の方へ後ずさった。

「な、なんという恐ろしいことを……卯月さまにそんなことはさせませんからね！」

「冗談に決まってるだろ」

　与平次は笑い飛ばしたが、おエイの顔は強張《こわば》ったままだ。

「しかしなぁ、奥にはあまり長くはいられないぜ。シヅはじきに男臭くなっていくだろうよ。奥の女どもにバレたら追い出されるぜ。まあ、そうなったとしても俺が別の仕官先を見つけてやるから」

「何度も申し上げますが、毛利家でないと意味がないのです」

「……おエイさんよ」

　与平次の強い視線に、おエイは口を閉じた。

「毛利家でないと意味がない、危いことはさせたくないっていうのは虫が良すぎるぜ。このご時世、仕官できるだけ有難いと思ったほうがいい」

「でも、それでは旦那さまの悲願が」

「その悲願ってなぁ、なんの犠牲も伴わずとも叶うと思ってるのかい。たかが十三年、正体を偽り、身を潜めてたって犠牲の内に入らねぇ、単なる保身だ。アンタら以上に耐え忍んでいる奴らなんざ、この世に山ほどいる」

与平次は立ち上がると、修繕し終わった箱に紐を通して首にかけた。えびす神の人形に手を入れて箱にのせると、音も謡《うた》もなしに舞わせ始めた。

宝船に乗ったえびす神が悩まし気に振り回す釣り竿の先には半分に切った手拭いがぶら下がっている。宝船の先に見えるは、与平次がもう片方の手に持った小道具の鯛《たい》だ。

おエイの目が、宙をふわりふわりと舞う粗末な手拭を追う。

「いいか。どうしても欲しいものがあるなら、大事なもんを手に入れたいなら、何かを手放す覚悟がいるんだ。針は一つなんだからな」

ぶん、と強く竿を振ると、細工をしてある針から手拭が取れた。素早く針に鯛の口を引っ掛ける。

えびす神が鯛を釣り上げ、喜びの舞を舞う。ぼうっと舞を見つめるおエイに「わかったな」と低い声で告げると、おエイは、ぼんやりした顔のまま、コクリと頷いた。妄執のある者は女も男も操りやすい。おエイの背中を見送って、与平次はにやりと笑った。

「くぐつしの、おじちゃーん」

近所の子どもたちが与平次を呼ぶ声がする。どれ、稽古がてら遊んでやるか。太鼓を腰にぶら下げ、足首に太鼓の桴を操る爪糸を仕込んだ脚絆を巻く。

準備万端で本殿前に出てみれば——。

見慣れない優男《やさおとこ》が子どもたちと戯れている。男は与平次に気づくと、穏やかな笑顔を浮かべた。

「こんにちは」

「どうも。お詣《まい》りですか」

気安げに声をかけられて、与平次は愛想よく応じた。どこかの旗本が宴の席に出てくれと頼みにきたのかと思ったのだが、そうではなかった。

「お詣りは済ませたところです。私は戸ノ内兵庫と申します」

こいつが、戸ノ内兵庫か。

与平次は顔を引きつらせた。だが、瞬時に傀儡師の顔をつくる。

「はあ、戸ノ内さま。ご丁寧にどうも……」

「杉崎与平次殿ですね」

「へ？　いやぁ、人違いでさぁ」

とぼけながら、箱の底に仕込んだ小刀を探った。この男、ご公儀を差し置いて成敗に来たのか、捕えに来たのか。

だが、兵庫は腰に差した大小に手もかけず、殺気も漲《みなぎ》らせず、のんびりと「そうですか」とあっさり引き下がり、箱の中の傀儡をまじまじと眺める。

「えびすさまですか。よくできている」

「お侍さま！　そのえびすの神さま、いろんなものを釣るんだよ」「この前、御隠居さんを釣ってた」「ふんどしを釣ってるのを見た」と周りにいる子どもたちが次々と口にする。

よく考えれば、ここは神域だし、子どもたちの目の前で派手な捕り物に及ぶとは考えづらい。しかも、目の前の男は刀を抜かない信条にこだわっていると聞いていた。

与平次は小刀から手を離した。その拍子に、兵庫がすかさず身を寄せ、肘でぐっと箱を押し下げた。一瞬のことで隙をつかれた。与平次のほうが上背はあるが、首を下げられた状態では何もできない。

そうしておいて、兵庫が子どもらに聞こえぬよう囁く。

「見張られていることは承知しておられるのでしょう？　毛利に何か仕掛けても無駄です。諦めなさい」

なるほど、こちらの動きを徹底的に邪魔をするという宣戦布告なのか。厄介だから、できることならば、この場でぶった斬ってしまいたい。だが、どうせどこかで目付が見張っているのだ。捕まってしまっては、知恵のない仲間たちは船頭のいない船の如く、呆気なく沈むだろう。

とにかく、この場から逃れることだ。そして、戸ノ内兵庫に一矢報いること――与平次は、素早く左足を浮かし、脚絆に仕込んでいた凧糸を兵庫の右のふくらはぎに絡めた。

足を踏ん張って糸をギリッと絞ると、目の前の端正な顔が痛みに歪んだが、負けじと箱に体を乗せてくる。首がぐっと下がった。

遠目には大人二人が仲良さげに内緒話をしているようにしか思えないだろうが、無言の力比べは子どもたちの目には異様に映ったらしい。

「おじちゃん、どうしたの……？」

不思議そうに見上げる子どもたちに、歯を食いしばりつつ笑いかける。

脚絆に仕込んだ凧糸が切れるか、首にかけた紐が千切れるか。次の手を考える与平次に、不意に兵庫が囁いた。

「あなた方をそこまで突き動かすものは、なんなのですか」

随分と青くさい問いだ、と与平次は鼻で笑った。

「決まってるだろう。怒り、さ。俺は侍が大嫌いでね」

「毒ですよ」

優男が言葉を被せてきた。

「仏教では、怒りは三毒の瞋恚《しんに》にあたります。その毒は原動力になり得るかもしれませんが、己を徐々に蝕《むしば》んでいきます」

抹香臭い。そう言えば、この男は寺育ちだった。抹香臭い男は更に続ける。

「怒りは、続きません」

貴様に何がわかる。腹が立ち、更に強く糸を引き絞った。首を懸命に持ち上げて、痛みに呻《うめ》く男の顔を睨みつけようとしたとき――。

「あらあら、坊ちゃん、お洟《はな》が垂れてますよ。ほら、チンとして」

下のほうから聞こえた声にハッとして目線を落とすと、口元に黒子のある女が一人の子どもの前にしゃがんで洟をかませてやるところだった。

こんな近くに来るまで気配を感じなかった。何者だ。全身の毛が総毛だつ。

女の、洟紙を持っている手とは逆の指先が、ふわりと与平次の足を撫でた。プツッという音とともに兵庫を絡めとっていた糸が切れる。

兵庫が飛び退《すさ》り、その拍子に、与平次が首に掛けていた箱が反動で大きく跳ね上がった。咄嗟に人形で箱を押さえつけたが、小道具の赤い鯛が大きく飛び、石畳に落ちた。

何が起きたのか呑み込めていない子どもたちだったが、鯛を取るために歓声をあげて駆け出していく。女は何事もなかったかのように立ち上がると、ゆっくりと神社を出て行った。

仲間がいたのか。兵庫を睨むと、相変わらず、殺気のない目で真っすぐ見つめ返してくる。

ややあって、兵庫が背を向けた。

怒りが続かないだと？　余計なお世話だ。

与平次は鯛を手に戻ってくる子どもたちに作り笑顔を向けながら首の後ろに手をやった。掛けていた紐が強く擦れてヒリついている。

お春が身ごもるのを待っている場合ではない。急ぎ、次の手を打たねば――首筋は強い日差しに焼かれたように熱を持っていた。

十八．昔語りの十五朗

兵庫が神社を出ると、門前で煮売りをしていた男が鋭い目を向けてきた。

「あなたが為すことは見逃すよう言われているが、余計なことは謹《つつし》んでいただきたいもんですな」

「申し訳ありません」

「おエイという女と与平次の話は聞けましたか」

「生憎、一歩遅かったようです」

「何か気づいたことは」

「あの男、箱の下に小刀を仕込んでいます」

男は小さく顎を引くと、前を向いた。お叱りはここまでらしい。

兵庫は辺りを見回して、先ほど助けてくれた女——サヤがなだらかな坂の上、松の下に佇《たたず》んでいるのを認め、そちらに向かった。

多摩の道場で激しい稽古に毎日、立ち合っていたせいか、愛嬌のある丸顔は変わらないが、少し痩せた気がする。

「サヤ殿、何故ここに……」

「浄晃寺へご挨拶に行ったら、兵庫さまは愛宕だ、と徹心さんが」

「そうでしたか。サヤ殿にはいつも助けていただいてばかりだ。ありがとうございます」

「差し出がましい真似をするのもどうか、とは思ったのですが」

サヤの目が兵庫の足元を見つめた。先ほど与平次に凧糸で絡めとられた右足の足袋に細い血の筋が伝っている。

「ああ、やはり傷が」

「いや、大したことは」

「どこか休めるところで手当を」

「そんなお手間までおかけするわけには」

「……お急ぎですか」

神社へ来る前、兵庫は毛利の下屋敷に立ち寄り、綱広とシヅが無事に戻ったことを確かめている。「変わったことはない、簪やら櫛を買い、甘味を食べただけだ」と教えてくれた長三郎には、シヅとおエイの動きに特に気をつけるよう頼んでおいた。

「私は構わぬのですが、サヤ殿は多摩からお戻りになったばかりでお疲れでしょう?」

サヤが兵庫を強い意思を込めた目で見上げた。

「久しぶりにお会いしたので、もう少しお話したい、とサヤはわがままを申しております」

照れるでもなく、恥じらうでもなく言い切ったサヤは、どこか達観しきった顔をしていた。率直な物言いに兵庫のほうが慌てた。

「そ、それはわがままではない、と思います」

己も同じ思いであるというには回りくどい言いようだったが、サヤは嬉しそうに下がり気味の眉を更に下げた。

二人は近くの池のほとりに落ち着いた。据えられた床几《しょうぎ》のひとつに腰を下ろした兵庫の前にサヤが屈み、手早く手当てをしていく。

凧糸で引き絞られた足には派手な赤い線がついていた。柔らかな内側の肌が抉《えぐ》れて血がじわじわと滲みだしている。

「釣り糸でなくてようございましたね」

サヤは血止めの軟膏《なんこう》を取り出し、手早く塗った。手拭いを裂き、ぐっと縛る。手拭いに薫《た》き込《こ》めた白檀《びゃくだん》がフワリと香った。

「サヤ殿。国幹殿の具合はもうよいのですか」

「おかげさまで、稽古をつけるまでは無理ですが、指導はできるようになりました。その節はありがとうございます」

「いえいえ。ご歓待いただき、ありがとうございました」

そう言えば、卯月と会ったのはサヤの実家の道場だったと思い出し、「サヤ殿。お弟子さんではない、外から来ている者の素性は御存知ですか」と問うてみた。

「どなたか、気になる方がいましたか」

「私と立ち合い稽古をした卯月という、前髪のある若者ですが、なかなか腕が立つ。素性とまでは行かずとも、どなたの紹介だったかなどがわかれば」

申し訳なさそうに、「うちはあまり素性を問わないので」と首を振るサヤを送ったあとで、兵庫は毛利の下屋敷へと引き返した。

「おぬしの見立て通り、奥方さまは附子の中毒だったぞ」

長三郎が声を潜めて教えてくれた。久しぶりに千姫を診た御典医は仰天し、解毒の漢方を至急、処方したらしい。

千姫は嫌がったが、伏せておけることではない。フサから飯田平右衛門、平右衛門から綱広に伝えられたが、綱広からは特になんの言葉もなく、フサを落胆させた。人の口に戸は立てられぬ。千姫が毒を盛られたという話はあっという間に家中に広まった。

血で汚れた足袋の替えを買い求めるため、兵庫が御用固屋へ顔を出すと、「側室の誰それが怪しいのではないか」「濡れ衣を着せられた侍女が自害すると喚《わめ》いていた」などという噂で持ち切りだった。

勘定方の辰之進も、噂話に夢中で仕事が手につかないらしい。そんな中、呉服方の長岡左馬之助だけが黙々と、着物を畳み直している。噂話に呆れているようでもあり、興味がないようにも見える。

左馬之助に、右筆の片づけを手伝ったときのことを訊ねてみようと近づきかけたとき、辰之進が兵庫を大きく手招いた。

「飯田さまが此度の件で大和守さまの邸に飛んで行かれたそうだぞ。お留守居役とは真、気苦労の多いお役目であることよ」

すっかり野次馬気分の辰之進を、兵庫がたしなめる。

「面白がっている場合ではございませぬ。皆さま、牢人になるかもしれぬのですぞ」

その場にいた家臣たちがざわめいた。

「おい、兵庫。脅すなよ」

顔を強張らせつつ、笑い飛ばそうとした辰之進に兵庫は首を振った。

「脅しではございません。大名の正室の毒殺未遂など、とんでもない醜聞です。この噂が他家やご公儀に漏れれば、殿のお立場はない。飯田さまの御説明に大和守さまが納得されなければ、家中不取締りで改易もあり得ます」

兵庫は居並ぶ役方の者たちの顔を見回した。

「この泰平の世、家を潰すに戦はいらぬのです」

辰之進たちは青ざめ、顔を伏せた。

「――確かにその通りじゃな」

穏やかながらよく通る声で重苦しい雰囲気を破ったのは、濃物方の轟十五朗だった。辰之進たちから『昔語りの十五朗』という二つ名で呼ばれ、少々煙たがられている男だ。

「だがな、これまでもさまざまな危機を乗り切った毛利じゃ。そう簡単にお取り潰しにはならぬぞ。我らは飯田さまを信じ、他のことで家が潰れぬよう励むべきと思うが、如何に」

「それもそうだ」「飯田さまを信じよう」

口々に言いながら、辰之進たちが持ち場に戻っていく。左馬之助も「真砂屋へ行って参ります」と風呂敷包みを抱えて出て行ってしまった。

新しい足袋を受け取った兵庫は、早上がりだと言う十五朗とともに、住まいである中長屋へと向かった。

「先ほどはありがとうございました。私が皆さまを消沈させてしまったところをうまくお助けいただいて」

なんのなんの、と十五朗はニコニコと笑う。

「十五朗殿。先ほど仰せの、さまざまな危機というと関ケ原ですか」

「そうじゃ。それから慶安の乱、萩の浦の唐船《とうせん》漂着……」

「唐船は十五年ほど前でしたね。実は、隣国の石見《いわみ》からの注進のほうが先だったとか」

十五朗の足が止まり、白髪交じりの眉がしかめられる。

「──それは表沙汰にしておらぬこと。兵庫殿は何故、それを知っておいでかな」

切支丹を中心とする者たちが蜂起した島原《しまばら》の一揆以降、唐船の漂着は厳重に取り扱われている。それ故、漂着した国からの注進が遅れたとあれば一大事、改易もあり得るほどの落度と見なされる。

萩の浦に唐船が漂着した十五年前は、国許の手違いで長崎奉行へ先に届け出たため、江戸への早飛脚が遅れた。だが、ご公儀への注進を石見に先延ばしにしてもらったために事なきを得たのだ。

「古い噂を覚えておっただけでございます。それに、公にはまず毛利からご注進があった、となっておりますから」

毛利に瑕疵はない、と兵庫は安心させるように十五朗に微笑んだ。

「先延ばしできたのは、当時の留守居役、福間右衛門さまの手腕ですか」

久世大和守から聞いていた福間の名を出すと、十五朗は「逆じゃ」と苦笑した。

「福間さまは、唐船漂着は日ノ本の一大事、一刻も早くご注進を受けてくだされ、とお奉行さまに申し上げたのじゃ」

「えっ。しかし、そんなことをすれば毛利が……」

「うむ。ご老中だった伊豆守さまもワシらもみな、毛利を何とかして守らねばと思うた。だが、福間さまは言い切ったのよ。毛利あっての我らではあるが、日ノ本あっての毛利だ。日ノ本を守らねばならぬのだ、とな」

確かに日ノ本が滅んでは意味がない。

「家臣たるもの、あのように広く物事を見る目を持たねば、と思うたものよのう」

「なるほど……。十五朗殿もなかなかにお詳しいですね」

「何せ『昔語りの十五朗』だからな」

陰で二つ名を付けられていることは本人も承知のことらしい。

「ワシは江戸に来たばかりの頃、福間さまに散々世話になってな。邸にもよく出入りさせていただいたのだ」

十五朗は懐かしそうに目を細めた。

「それならば、慶安の乱の折に処断された者たちも覚えておいでですか」

「ああ、覚えておるとも。当時、ワシは萩におったからな」

思い出したのか、老年の男は「あれは堪《たま》らんかった……」と肩を落とした。

江戸へ送られる者たちは皆、縄を打たれ、萩の城下を歩かされた。見物という名目で見送った者たちは、黙って手を合わせるしかできなかった。まさに葬列の如き、重苦しい空気が漂っていたのだ。

「逆賊の係累というだけで、本人たちは何も悪いことはしておらぬ。だから、皆、見送りに行ったのだが、特に又右衛門は気の毒だった」

宇野又右衛門——右筆の利兵衛から聞いた中にあった名だ。兵庫は十五朗の昔語りに耳を傾けた。

「一緒に連れていかれた又右衛門の息子は、まだ九つでな。言い含められていたのか、泣きも喚きもせんかった。それが我らの涙を誘ったのだが」

十五朗は言葉を切った。顔が歪む。

「母親は割り切れるものではないわな……息子の名を呼んで泣いておった。おまけに身ごもっておったからなぁ。夏には二人目がと喜んでおったのに」

兵庫は久世の言葉を思い出した。「腹の子までも差し出させた」と言っていたのだ。

「その腹の子も処断されたのですか」

「幸い、女子だったんじゃ。江戸で産んだのだが、立ち合われた久世さまが女子故、処断なしとされた。ただなぁ、産んだときに母親が死んでしもうてな」

又右衛門の妻は、出産時に誤って舌を噛《か》み切って死んだらしい。

兵庫は大きなため息をついた。

宇野という名。十三年前、女であったために処断されなかった赤子。卯月と年が合う。異装をしていたのも、女として届け出ているからだろう。

連座させられた父親は無理とわかっていながら、願ったのだろう。いつの日かまた萩に、御家中に戻ることを——その父の悲願のため、卯月とおエイは異装に磨きをかけ、侍としても鍛錬を重ね、機会を待ち続けたのだ。

「連座は毛利を守るためには致し方ない処断であったが……死んだ嫁御のことを思うと、不憫《ふびん》でならぬ」

「致し方ない、と思われますか」

好々爺然とした十五朗の目がギラリと光った。

「ああ、致し方ない。毛利はいずれ、天下を取る家。それを守るために致し方なかったのだ」

低い声で力んだ直後、十五朗はフッと肩の力を抜いた。

「あの頃は、そう思っておったんじゃ、いつか毛利が天下を取る日がくる、とな……まあ、いまでは夢物語じゃな……」

関ケ原で西軍の大将に立った代償で、毛利は一気に石高《こくだか》を減らされた。だが、毛利という大大名の威厳を守るため、江戸で大勢の家臣の暮らしを支え、殿さまは二代続けて浪費をし——毛利の懐は痩せていく一方である。いまの毛利に天下を取る力がないことは、長く役方を務める十五朗は嫌というほどわかっているのだ。

「それでもな、みな、どこかで思っておるはずじゃ。いつか、毛利が、とな」

十五朗が「ご公儀や他家には内密に願いますぞ」と気弱な笑みを浮かべて自宅に入った後、兵庫は空を見上げた。一面に広がる魚の鱗《うろこ》のような雲を眺めながら考える。

十五朗の言う「みな」には綱広も入っているのだろうか、と——。

十九．駒と悪意

呉服商の真砂屋は店構えも立派だが、中はそれ以上だ。特に庭は手入れが行き届いている。植木屋が枝木を切るパチンパチンという音を聴きながら、呉服方の長岡左馬之助は風呂敷包みを抱えて庭に面した長い廊下を歩いた。

毛利家が最もよく使う真砂屋だが、届けられる着物や小物すべてを買い取るわけではない。綱広や奥の方々の好みに合わなかったものは戻される。払いが滞っているのにそんなわがままが許されているのは、腐っても毛利だからだ。

真砂屋の主、伊藤清兵衛《いとうせいべえ》は左馬之助が持ってきた戻りの中から簪や帯などの小物を番頭に渡すと、人払いをした。

左馬之助が出された上等の玉露を静かに飲んでいる間、清兵衛は着物をそっと確かめていく。二つ目の着物の中に文を見つけると、手早く開き、中から『巳の方へ』と表書きした小さな文を取り出した。

左馬之助のほうへその文を滑らせると、また品を確かめる作業へと戻る。左馬之助は文を開きもせずに、胸元へ収めた。

品の検分が終わると、清兵衛は皺《しわ》の多い顔を左馬之助へ向けた。

「あれは元気にしておりますか」

聞きたいことはそれではないことが分かっているから、左馬之助は端的に「御手付きはまだのようです」と応じた。

器量は千姫さまよりも劣るのかもしれないが、気立てがよくて親思いでなどとクドクドと売り込みをされても、選ぶのは殿さまだ。左馬之助は適当に相槌《あいづち》を打ちながら、玉露を飲み干した。

見事なお庭をまた拝見したいと乞うた左馬之助は、清兵衛の案内を断り、庭に下り立った。見事な枝ぶりを眺め、高齢の植木屋の松の剪定《せんてい》の蘊蓄《うんちく》に耳を傾け、やがて、切り落とされた枝葉を手箕《てみ》でかき集めている下男の傍へと近づいた。しゃがんで作業をしている首筋がやけに赤いことを不思議に思いつつ、懐から出したお春の文に目を通す。

——貴方様のご指示通り、『薬』は中止したが、残っているものはやはり、シヅに飲ませたほうが良いと思う。シヅは近頃二日と空けず殿に呼ばれ、あまつさえ、二人きりで外出までしている。千姫に何かあれば、シヅが正室に納まるだろう——。

愚かな、と思わずため息が漏れる。

シヅという元巫女が「駒」だと聞いているから、左馬之助は指示書に「手を出すな」と何度も書いているのに、嫉妬に狂った女は納得がいかないらしい。

左馬之助は、その文を下男に化けた与平次の前に「うっかりと」落とした。ついた土を払いながら、さっと目を通した与平次は「嫉妬に狂った女は鬼神の如き。あまり抑えつけてはまずい。少々脅かす程度ならばよい、と書いておけ」と低い声で囁いて文を返してきた。

庭を眺めながら、矢立と紙を取り出し、言われた通り書き付けていく。そうしながら、「戸ノ内兵庫が『断絶録』の行方を気にしていたらしい」と囁いた。

指示を受け、利兵衛を手伝う際に左馬之助がこっそり持ち出した『断絶録』には、

「駒」であるシヅの出自にかかわることが載っている。

「あの男、俺を脅しにきたぞ」

与平次の囁きに、左馬之助は片眉を上げた。意外だった。そうした乱暴なやり方はしない男に見えたが、人は見かけによらぬ。

「追って指示を出す。例の件だけ、万が一のために仕込んでおけ」

それだけ言うと、与平次は立ち上がり、下男の顔に戻った。枝葉でいっぱいになった手箕を揺すって土を落とす。左馬之助は埃《ほこり》が舞うのを避けるようにその場から離れた。


千姫を毒殺しようとした者がいるとおエイから聞かされ、卯月は「お気の毒に」と呟いた。

「奥の者たちは疑心暗鬼になっていますよ」

おエイがうんざりした顔で言う。

誰が毒を入れたのか。殿の寵愛を受けている者たちが疑われ、近頃、お声がかりの多いシヅもその一人だったのだが——。

「奥方さまが体調を崩し始めたのは半年ほど前だそうです。この邸に入ってまだ日が浅い私たちが毒を入れることは不可能。当たり前ですが、早々に詮議から外れました」

濡れ衣を着せられようもないということだ。おエイが声を落とした。

「それに……殿のお気を引きたさに奥方さまが仕組まれた狂言では、という話も聞こえております」

毒を飲む量をしくじり、本当に具合が悪くなってしまった、というのだ。大名の正室がそこまで愚かではないと思いたいが、シヅは千姫とまだ直接会ったことはなく、人となりがよくわからない。

フサに「身分が違う」と撥ねつけられて以降、ずっと面会が叶わない。おエイは「なんと居丈高な」と腹を立てていたが、もしかすると、体調が悪い奥方を気遣ってのことだったのかもしれない。

嫁いで七年。あのような殿さまに嫁いだこと自体がお気の毒だ、とため息が漏れる。たった一日、綱広に異装で付き合っただけなのに、卯月は疲れ切ってしまったからだ。

中間に化けるなど大名の威厳にかかわる行いをしていながら、綱広は「女連れの外出もよいな」と終始ご満悦で、芝居見物をし、茶屋で団子を食った。

長年、女物の着物を着慣れてはいるが、良家の姫になり切るには、相当な気苦労が必要だった。細身とは言え、上背のある卯月が見るからに高直《こうじき》と分かる着物を着ているのだから、大層目立つ。

あれほど注目を浴びたのは初めてだった上に、殿さまが出来損ないの中間ぶりを発揮するものだから、悪目立ちをした。

どこの中間が、姫さまと同じ床几に座って団子を頬張るのか。どこの中間が、姫さまと並んで芝居を見物して、祝儀を撒こうとするのか。

護衛でついてきた世木長三郎が必死で止めていたが、最後は諦めて、綱広の好きにさせていた。

殿さまとはこういうものなのだろうか――水に落とした墨のようにぼんやりとした不安が広がる。

綱広からはいつでも酒と白粉の臭いがしている。執務をしている様子もなく、「家中のことは与り知らぬ」というのは本当なのだろう。

父が生きていたとしても、この殿さまに文句を言わずに仕えただろうか。

その疑問を口にすると、おエイに叱りつけられた。

「卯月さま。どんな方であろうと、殿は殿です。その統《す》べ方や暮らしぶりを家臣がどうこう言うなど、もっての外。侍と生まれた限りは、どのような君主であろうと忠義篤く仕える。それが第一義でございますし、だからこそ、旦那様は処断を黙って受け入れられたのです」

おエイの剣幕に、卯月は疑問を呑み込む。

父は、本当に静かに死を受け入れられたのだろうか。忠義篤く仕えていた父にはなんの瑕疵もなかったのに、毛利に二心はないと示すために処断されたのだ。

死んだ両親と兄の遺骨は、おエイが寺に預けている。「お家復興が叶った暁《あかつき》には、萩へ連れて帰って差し上げたい」と言っているが、死んだものの心根はわからない。いくら生まれ育った地とは言え、家臣を見捨てるような殿さまが統《す》べる地に戻りたいものだろうか。

殿のお戯れを間近で見ていると、以前兵庫に言ったように「殿に命じられたら腹を斬る」気になるかどうか、甚《はなは》だ自信がなくなってくる。

おエイは豪奢な着物を丁寧に畳むと、洗いを頼むために出て行った。一人残された卯月はため息をついて、水筒に手を伸ばす。水を湯呑に注ごうとした手を慌てて止める。湯呑には大きな蜘蛛《くも》がいた。手足を丸めて死んでいるが、気持ちのいいものではない。

「どこから入り込んだのやら」

湯呑を手に濡れ縁に面した廊下に出ると、千姫付きの奥女中、お春と出くわした。

「あら、どうされたのですか」

お春は卯月の手元を覗き込むと、小さな悲鳴をあげて飛び退った。

「部屋に紛れ込んでしまったようです。哀れな」

卯月は膝をつくと、湯呑から蜘蛛をつまみ上げ、ポトリと庭に落とした。哀れではあるが、土の、或いは他の生き物の養分となるのであれば、生まれてきた甲斐があるのではないか。

父や兄、他の処断された者たちは毛利の養分となったとも言えるが、その結果、咲いたのが酒と女まみれの花でも喜んでいるのだろうか。

「シヅさまは平気なのですか」

ここへ来たばかりの頃は、年若いシヅに無遠慮に話しかけてきたり、美しい図柄の折り紙を勿体ぶって分けてくれたりしたお春だが、綱広のお声がかりがあって以来、丁寧な言葉遣いになっている。

「え、ええ、まあ……。いつまでもそのままにしておくのもかわいそうですし」

意外そうな口ぶりに、卯月は慌てて取り繕った。おエイは入り込んだ虫やムカデなど勇ましく退治するが、女子とは本来、死んだ蜘蛛を怖がるものだったか。今更ながら怯えた顔をするのも変だから、卯月は曖昧《あいまい》に笑って立ち上がった。

「死んだ虫がかわいそうだなんて、とんでもない。捨ててくるようにおエイさんに申し付ければよろしいのに。実家にいる頃、私はいつも丁稚《でっち》に頼んでおりました。気味が悪いもの」

卯月は「次はそう致します」と返したものの、気味の悪いことは、その後も続いた。

死んだ鳥が濡れ縁に落ちている。布団《ふとん》に墨がぶちまけられている。

蛇が長持ちから出てきたときは、不意をつかれたおエイが派手な悲鳴をあげ、奥の番所から数名、刀や刺股《さすまた》を手にすっ飛んできた。

「嫌がらせですっ」

蛇の騒動のせいで乱れた髪を直しもせず、おエイが強い口調で言った。

「奥方さまの次は、シヅさまが狙われています。いま一番、殿の御寵愛を受けているから」

「殿の御寵愛と言っても」

床入りをしているわけでもなく、ましてや子を生《な》せるわけもない。卯月はピンとこなくて、「奥とは随分物騒なところだね」と苦笑していたのだが、襖が刃物で切り付けられる事態になって、呑気に構えて居られなくなった。

襖はほんの少し裂かれただけだが、おエイがこれまで以上に気を張るようになってしまった。おエイは毒味をしてから、卯月に食事を供するようになった。

いつ、千姫のように毒を仕込まれるかもわからない。具合が悪くなっても御典医を頼むわけにはいかないのだ。男だと知られてしまう。

「おエイの身に何かあっては困るから、毒味などやめてほしい」

何度懇願しても、「シヅさまの身に何かあったら自害致しますので、結果は同じことでございます」と聞いてくれない。

卯月にとっては、虫や鳥の死骸よりも刃物の脅しよりも、これが一番こたえた。目の前でおエイが食べ物を口に入れるたびに胸が苦しくなり、日に日に気鬱になってきた。自然と食欲が失せる。

そんなある夜、卯月は綱広の寝所に呼ばれた。

二十．萩の甘味

「シヅ。数日見ぬうちに随分と痩せたな」

寝所へ入るなり、綱広は顔をしかめた。

「長三郎から聞いておる。何かと奥が騒がしいというのは真《まこと》か」

「いえ、殿の御心を煩《わずら》わせるほどのことでは」

「千に続いておまえまで臥せてしまっては叶わん」

手を打つと、兵庫がいつかの床入りの夜と同じように盆をさげて入ってきた。だが、あのときと違い、今日は酒ではなかった。

兵庫が手早く茶を淹れ、菓子を載せた皿を綱広、そして、シヅの前に置く。

細長く、薄紫色をした菓子は餅に似ているが、表面はデコボコしていて艶がある。

見たことのない菓子だ。

「これは……なんでございますか」

「白外郎《しろういろう》だ」

白くはないのに白外郎とは不思議なことだ、と首を傾げていると兵庫が口を挟んだ。

「山菜のわらびは御存知ですか？　わらびの根を粉にしたものでできているそうです」

「美味《うま》いぞ。食え。毒など入っておらぬ」

頷いたものの、皿に手を伸ばす気にはなれなかった。殿さまに供されるものに毒が入っているわけがないとわかってはいるが、気鬱の虫のせいか食欲がない。

「シヅ殿のために、わざわざ殿がつくらせたのですよ」

兵庫の言葉に驚いて綱広を見ると、切り分けた白外郎を口に放り込もうとしているところだった。

「余計なことを申すな、兵庫。そもそも、おまえがシヅに甘いものを食わせろと言うたのではないか」

「甘いものならばこの菓子を、と命じられたのは殿でございます。シヅ殿。こう見えて、殿の心根は存外、お優しいのです」

「どう見えておると言うのだ。おまけに存外とは。相変わらず無礼な奴め」

綱広は、外郎を美味そうにもちゃもちゃと咀嚼《そしやく》しながら兵庫に文句を言ったが、本気で怒っている様子はない。兵庫がシヅの顔を覗き込んだ。

「シヅ殿。これは萩の名物なのです。作り方を知っている御膳夫《ごぜんぶ》がおりまして幸いでございました」

「萩の」

シヅは皿を手に取り、まじまじと菓子を見つめた。両親や兄も、この菓子を食べたのだろうか。

「保存には適さぬ菓子だ。萩から江戸まで早飛脚でも四日以上かかる。京で食うたことはあるが、江戸まで持ってくるのは難しい。ハナから無理と思うておったが、兵庫が、邸で作ればよいではないですか、と言い出してな」

「殿は折角だから、と御家中みなに振る舞われたのです」

「平右衛門はずっと江戸住まいだからな。大層懐かしがっておった」

「濃物方の十五朗殿など、勿体ないから大事に食さねば、と申しておりましたよ」

「馬鹿な。作ってすぐ食うのがよいのだ。また作らせるから、とっとと食べろ、と言っておけ」

殿と食客にしては気安いやりとりを聞きながら、菓子を切り分けて口に入れる。優しい甘味が口の中いっぱいに広がり、思わず頬が緩む。

「美味しい……」

「フン、ようやっと笑《わろ》うたな。女も男も笑うてるほうが良い」

この殿さまは本気で心配していたのだ。側室でもなく、ましてや女でもない、怪しい出自の己を——シヅは深々と頭を下げた。

「ご心配おかけいたしました」

「まだあるから、気に入ったのなら食え」

恐る恐る問う。

「あのぅ……おエイが萩の生まれでございます」

察した兵庫が、竹の皮で包まれたものをついっとシヅのほうへ差し出した。

「おエイ殿の分も用意がございます。ご安心を」

「重ね重ね、ありがとうございます」

「それにしても、面白いな」

綱広が、ふたつめの外郎を食べながらシヅを見る。

「兵庫の申した通り、甘味を食べたらシヅの顔色がようなった」

確かに少し気持ちは落ち着いたが、甘味と顔色がどう繋がるというのか。シヅの心を読んだように兵庫が言う。

「シヅ殿がこのところの騒動で気鬱になっておられるようだ、とフサ殿が心配されていました」

「フサさまが」

意外な名が出て目を見張る。千姫の上臈、フサには来た当初から蛇蝎《だかつ》の如く嫌われていると思っていた。こちらも正体を見抜かれたくないから、必要以上に関わらないようにしていたが、まさか心配されていたとは。

じわり、と胸の辺りがあたたかくなる。

「怒りが過ぎると肝が病み、気の巡りが悪くなる気滞《きたい》という不調になりやすいのです。そういうときは、甘味で少し怒りを和らげるとよいと言われております。柚《ゆず》などの爽やかな香りもよいので、御膳夫にお願いしておきますね」

シヅはマジマジと兵庫を見つめた。剣術だけでなく、医術の心得でもあるのかと思ったら、「そういうことが書かれたものを読んだだけです」とニコニコ笑っている。

綱広が厳《おごそ》かに言った。

「此度の騒動、科人《とがにん》は見つけ次第、厳しく処断いたす。さすれば、シヅの怒りも収まるであろう」

「殿。私はいたずらをしたものに特段、腹を立てているわけではございません」

本心だったが、綱広は「ごまかさずともよい。嫌がらせを受ければ、誰でも腹が立とう」と茶をすすった。

殿に「違う」と言い張るわけにもいかず、シヅも黙って茶を飲んだ。

そのとき、兵庫が凜とした声を発した。

「殿、恐れながら申し上げます」

「うむ？」

「シヅ殿が腹を立てている相手は、科人ではないと思います」

「なんだと。では、誰に腹を立てておるのだ」

兵庫の目が真っすぐシヅを射抜く。

「恐らく、己自身」

シヅはハッと兵庫を見返したが、綱広は首を振った。

「わからんな。何故そんなことになる。憎いのはいたずらを仕掛ける者ではないか」

「シヅ殿の身を案じ、おエイ殿が毒味をなさっていると聞きました。長年従ってくれている乳母をそのような危険な目に遭わせたくない。毛利の奥へ入らなければ、そのような事態にはならなかった。己を責めたくもなりましょう。違いますか？」

違わない。シヅは目を伏せた。その通りだった。そして、それは此度のことだけではない。神社で巫女を務め始めた頃からだった。悲願のためにやむを得ないとわかっていながら、正体を偽り、神事を担う己に腹が立っていたのだ。

「殿。実は、シヅ殿に元気になっていただく手が外郎以外にもございます」

「ほう。申せ」

「本来の姿に、卯月という若者に戻る場をおつくりになることです」

シヅは驚いて顔を上げた。兵庫は淡々と言葉を紡ぐ。

「今のまま、奥にこもっていては気鬱も悪くなる一方。これまでのように剣術などの鍛錬をして下肢を動かせば、気がよく巡るようになります。気鬱も晴れるでしょう」

無茶と思われた提案を、綱広はあっさり呑んだ。

「わかった。シヅほどの器量であれば、良き若武者ぶりであろう。シヅと気づかぬ奥の者たちの顔を眺めるのも一興。ただし――」

家中に入れるわけではない、兵庫の親戚であり、行儀見習いという扱いだ、と念を押されたが、本来の姿に戻れることは嬉しかった。

「殿。ありがとうございます……」

「よい。ワシもおぬしのおかげで久しぶりに懐かしい甘味を食した」

そして、シヅの皿にまだ菓子が残っているのを見て、身を乗り出す。

「残すのなら、食うてやろうぞ」

その綱広を、兵庫が制す。

「殿、恐れながら申し上げます。彼の国の、岐伯《ぎはく》という名医によると——甘味をとり過ぎると、胸が苦しくなり、息も荒くなり、皮膚は黒ずむそうでございます。甘味に限らず、何事も過ぎたるは禁物」

少々脅し気味と思える言葉に、綱広は不満そうにしながらも、「まあ、やめておくか」と腰を元へ落ち着かせた。まるで、やんちゃな子が乳母に諭されているようだ。

思わず吹き出すと、赤くなった頰を膨らませて「笑うな」と睨まれた。その目がまだ恨めし気にシヅの皿へと移る。目の毒にならぬように、と残りを口に入れてしまう。

「——殿。萩とはどのような地でございますか」

シヅが問うと、綱広は「ふむ」と頷いた。

「海が近い。江戸の海とは全く趣《おもむき》が違ってな。砂浜に松林が広がって壮観だぞ。唐土《もろこし》にも近いから、時折船が漂着する」

綱広が初めて萩に入ったのは七年前、二十のときだったと言う。

「後ろに指月山《しづきやま》を控えるから指月城とも言われておる。山に抱かれた城はなかなかに壮大だぞ」

「指月とはよき名ですね。指月城は、荒れやすい外海から近づくことは難しく、山は滑りやすい岩がゴロゴロしている。要害堅固と聞いております」

兵庫の世辞に、綱広が皮肉めいた顔をした。

「翻《ひるがえ》って見れば、江戸と萩を行き来せねばならぬワシらにとって、大層厄介な場所よ。築城の折、他にもよい地はあったのに、最も遠い萩にとのお達しは嫌がらせだな」

「それだけ徳川にとって、毛利は脅威なのでございましょう」

「いまの毛利は、脅威を与えるには程遠い」

綱広は自虐の笑みを浮かべながら呟いたが、兵庫は「シヅ殿」と目を移した。

「シヅ殿に嫌がらせをするのも、どなたかが脅威に思っておるということ。相手の挑発に乗らず、指月城のように平時より攻守に備えておくがよいでしょう」

シヅは目を伏せた。ここへ来てから、周りの目を恐れるがあまり、なんの鍛錬もしておらず、勘も鈍っている。いまのままならば、異装を解いても家臣に引き立ててもらうことはないだろう。兎にも角にも、勘を取り戻さねば。

「殿。改めまして、ご配慮ありがとうございます。御家中にしていただけるよう、卯月としてもしっかりお仕えさせていただきます」

平伏すると、綱広は「生真面目は平右衛門だけで充分だ」と苦笑した。


奥の一室で、兵庫と向かい合っている千姫付きの上臈・フサがあんぐりと口を開けるのを、世木長三郎は天井裏から覗き見ていた。

「――男、ですと？　シヅ殿が？　奥は男子禁制ですよ！」

信じ難いという様子で首を何度も振るフサに、長三郎は心底同情する。

奥方さまやフサ殿に正直なところを申し上げたほうがよい、と言い出したのは兵庫だった。シヅやおエイは当然ながら抵抗を見せたが、兵庫が「殿のお許しがあるから追い出されることはない。更に奥方さまと上臈のフサ殿が味方ならば、怖いものはない」と押し切ったのだ。

フサはずいっと身を乗り出し、小声で問うた。

「兵庫殿。もしや、殿は衆道を」

「そうではございませぬ、単なる興のひとつでしょう。殿はここのところ、中間に化けて市中にお出ましでしたが、次は若武者姿に仕立てたシヅ殿を連れて行きたい、と」

「そんなお戯れをされるぐらいならば、千姫さまともう少し触れ合っていただきたいものですが」

だが、殿の見舞いを断っているのは千姫のほうである。陰気な顔を見せたくないのだ。千姫は容態がやや落ち着いたものの、ぼんやりしていることが多く、床から起き上がれない日も少なくない。

「殿がご承知ならば、こちらから何か申し上げることはございませんが、若武者姿に仕立て上げるのは外でやってくださいませ」

「困りましたね。外で着替えるにはどこかを借りねばなりませぬが、人の口に戸は立てられないと申しますから……」

大仰にため息をついた兵庫を、フサが青筋を立てて睨みつける。

「兵庫殿、男が女子に化けて奥にいるなど、決して知られぬようにしてくださいませよ。御子を授かったときに要らぬ噂を立てられては困ります」

「そこで、フサ殿のお力をお借りしたいのです」

「お断り申し上げます」

荒々しく座を蹴って退室しようとしたフサは、「奥方さまの気晴らしにもなるかもしれませぬよ」という言葉に思わず足を止めた。

「奥方さまがぼんやりなさっているのは、頭まで気が満ちておらぬからとお見受けいたします」

一向に快方に向かわぬ様子に焦《じ》れていたフサは、兵庫の話に興味を示した。

「気が満ちるようにするには、どうすればよいのですか」

「笑うことです。少しでも笑っていただければ、呼吸が増え、気が巡りやすくなります」

たしかに、千姫の笑顔を見ぬようになって久しい。思案するフサに兵庫が微笑む。

「私が小咄《こばなし》や例え話など、至って軽いものを読み聞かせて差し上げるというのは如何でしょうか」

悪くない話だが、とフサは兵庫の笑みを睨み返した。

「その読み聞かせが、シヅ殿の着替えとどう繋がるのですか」

「さすが、御察しがよい」

兵庫は世辞を言うと、己の策を披露した。

殿がシヅを連れて市中へお出ましになる日、奥の者が起き出す前に若武者姿となったシヅは、庭から兵庫のいる中長屋へ抜け出す。

殿がお戻りになった夕刻、奥方の無聊《ぶりょう》を慰めるために兵庫が市中の様子を語り、小咄を読み聞かせる。

その折に、若武者姿のシヅを兵庫の助手として伴う。兵庫の縁戚で、行儀見習い中の助手の少年は、しばらく下屋敷に逗留する――。

「そして、隙を見てシヅ殿は部屋に戻って着替えるのです」

大胆かつ杜撰《ずさん》な策に、フサは額を押さえた。

「読み聞かせのあとはどうするのです。入ってきたときに二人なのに、出ていくときに兵庫殿お一人というのは」

「躾《しつけ》が足りず、話に飽きて庭から中長屋に戻ってしまったことにします。もちろん、フサ殿が口裏を合わせてくれれば、ですが」

しばらく迷った挙句、フサは「こんなことで千姫さまの気鬱が紛れるならば」と承知したのだった。

二十一・託された名前

卯月が若侍姿で外に出る数日前、兵庫はある話を家中に広めた。

「殿がお忍びの折に、毛利家家中の者たちが通う剣術道場にお立ち寄りになるそうです」

女子目当てのお出まし以外、下屋敷にほとんど引きこもっている殿さまが道場に顔を出すという稀有《けう》なことに、家中は大混乱になった。

泰平の世、おまけに殿さまが登城もしていないということもあり、他家と張り合う必要のない家臣たちは鍛錬に身を入れておらず、まさに寝耳に水。

しまいこんでいた竹刀を慌てて引っ張り出す者、道着を借り受ける者、二日酔いに効く薬を買いに走る者――。

徒歩衆や騎馬隊は言うに及ばず、役方で非番の者たちも当日、道場に駆けつけた。

武術は苦手と言っていた勘定方の辰之進までが、借り物の道着で竹刀を振っている。そのよく通る声はかなりの腕前に思えるが、そもそもの型がさっぱりできていない。

もちろん、普段から地道に鍛錬しているとわかる者もいる。呉服方の長岡左馬之助もその一人だ。それほど体躯に恵まれているわけでもなく、なで肩のせいで侮られがちだが、激しい打ち込みを見せている。

「左馬之助殿」

兵庫に声をかけられた左馬之助は、隣に綱広がいるのを見て慌てて平伏した。

「よい、道場は無礼講じゃ」

面倒くさそうに手を振った綱広を、師範が上座へと連れて行く。

「道場にお出ましとは——殿に、何を申し上げたのです？」

「何も。家臣の鍛錬を見廻るのは、殿の務めだと思われたのでしょう」

兵庫の涼しい顔に苦笑し、左馬之助が立ち上がった。

「兵庫殿は相当の手練れと見ました。お手合わせ願いたい」

「生憎、本日はその心づもりがありませんので……よろしければ、私の連れを鍛えていただけませんか」

左馬之助の目が、嬉しそうに竹刀を振っている卯月に向く。

「承知いたしました」

左馬之助に頭を下げ、兵庫は綱広のもとへ行った。

最初こそ物珍しそうに稽古の様子を眺めていた綱広だったが、もうすでに欠伸《あくび》をかみ殺して退屈そうだ。

「殿もいかがですか。腕に覚えがあるとお聞きしましたよ」

「昔の話だし、覚えがあるのは弓のほうだ。それより、シヅは」

ここでその名はまずい。

「卯月がどうしましたか」

言葉を重ねて遮ると、綱広は「ああ、そうであった」と呟くと、「あやつ、なかなかやりおるな」と呟いた。

久しぶりの稽古で、最初こそ打ち込まれる形が多い卯月だったが、徐々に調子を取り戻し、年長の者たちと渡り合っている様子は、まるで水を得た魚である。

そのとき、道場の一番端の窓にチラリと影が動いた。

気配を消した長三郎が綱広の側にいるから、離れても大丈夫だ。兵庫は綱広に断り、さり気なく道場を抜け出た。足音を殺して裏に回る。

道場の窓際に、頭から布を被った女が佇んでいた。

「おエイ殿」

声を掛けると、ビクリと身を竦《すく》める。顔を伏せ、慌てて立ち去ろうとするおエイに、兵庫は「お待ちください」と優しく声をかけた。

「卯月殿の武者姿は久方ぶりでしょう？　折角ですから、その成長ぶりをゆっくりとご覧になってはいかがですか」

おエイは布の陰から伺うように兵庫を見つめたが、小さく頷き、また道場内に目を戻した。

「多摩の剣術道場で卯月殿と手合わせしたことがあるのですが、打ち込まれても何度も挑んでこられました。なかなか負けず嫌いだ。芯が強い若者ですね」

「……………」

「足元などまだまだ鍛えなければならないところもありますが、遮二無二突っかかるわけではなく、立ち合いごとに攻め方を変えるところは良い。あの若さであれほど柔軟な剣士はなかなかおりません」

「本当ですか」

おエイの声が弾んだ。

「ええ。殿が卯月殿の腕を見込んで取り立ててくだされぱいいのですが」

その殿さまは道場の隅に移動してしまっている。滅多にないことだから、いいところを見せよう、と張り切った家臣たちが、わざわざ綱広の前で激しい打ち合いを見せるものだから、閉口したのだろう。

「おエイ殿。卯月殿のお父上は、宇野又右衛門殿ですね」

勢いよく振り返ったおエイの目が驚愕で見開かれている。何か発しようとした口が細かく震えた。

「断絶した家臣の中に名がありました」

「で、でも、『断絶録』は」

言いかけたおエイが慌てて口を噤む。

「何故か紛失してしまったようですね。でも、毛利には大層覚えのよい家臣がおられましてね。宇野又右衛門殿は慶安の乱で連座させられ、幼い息子ともども処断された。その妻も、身ごもっていたため、江戸まで連れて来られた」

「なんのことだか……」

「生まれた子が男児ならば、その子も処断される。だから、卯月殿は女子として届けられた。そうですね？」

黙したまま答えないおエイに構わず、兵庫は続けた。

「又右衛門殿の妻は出産時、舌を噛んで亡くなった。でも、そういったことを避けるために本来は布を口に含むと聞いています。であれば、舌を噛み切ったのはわざととしか思えません。生まれた子が男児だったことに絶望して、自ら命を」

「違います！」

小さく、だが、鋭くおエイが遮《さえぎ》った。

「奥さまは卯月さまを守るために死を選ばれたのです」

生まれてくる子の性別を確かめるため、隣の間には幕府の役人がいたから、二人は一計を案じた。男児が生まれたときに「生まれたのは女子」と言い張っても、役人は赤子の性別を確かめようとするだろう。

だが、母親が舌を噛んで死に瀕していれば、それどころではなくなるのではないか

――又右衛門の妻は賭けに出た。

「奥さまが狙った通り、大騒動になりました。お役人さまも赤子の産着をはぎ取るような無体なこともされず……」

命を賭けた勝負に母親は勝ち、赤子は生きながらえた。

兵庫はあまりの凄絶さに立ち尽くした。舌を噛み切るなど楽な死に方ではない。苦しいときが長く続くと聞いている。それでも、我が子の命を守ることを選んだのだ。

おエイが必死の形相で兵庫を見つめた。

「卯月さまが本来、慶安の乱で処断されるはずだったこと、ご公儀を謀《たばか》ったことがご家老に知れたら、御家中に戻るどころか、厳しい処分が下るかもしれませぬ。どうか……どうか、このことは兵庫さまの胸に御納めいただけませんか」

「卯月殿については殿の御心次第。私から特段、飯田さまに申し上げることはありません」

「ありがとうございます」

「ところで――卯月とシヅという名は、どちらもおエイ殿がつけられたのですか？」

まさか、と首を振り、おエイは袂《たもと》からお守りを取り出した。安産守という刺繡《ししゅう》が消えかけている古いものだ。

兵庫の視線に気づいたおエイが「奥さまのものです。これぐらいしか、形見として持ち出すことを許されなくて」と寂しそうに微笑んだ。

そのお守りの中から、おエイが慎重な手つきで取りだしたのは、やはり古い紙だった。

命名　男　卯月、女　シヅ
急いで書いたのか、乱れた筆だが、力強い。末尾に書かれた名前は「宇野又右衛門」。

「又右衛門殿が書き残しておられたのですか」

「はい。自分は子と会うことは叶わぬから、と。卯月さまには窮屈な暮らしを強いてしまいましたが、どちらの名も使うことができたので、私は嬉しく思っております」

おエイはそう言うと、紙を畳んでお守りに入れた。

「どちらもよい名ですね」

嬉しそうに頷くおエイに、兵庫は「もうひとつ」と人差し指を立てた。

「おエイ殿のお知り合いの傀儡師」

ビクリ、とわかりやすくおエイの身体が揺れた。

「あの男、ご公儀から目をつけられています。毛利の家中入りを望まれるならば、あなたも卯月殿も向後二度と関わらぬほうがよいでしょう」

ご公儀と聞いて、おエイが頭からかけた布の端をぎゅうっと握りしめた。

「あ、あの人は一体何を」

「それは知らぬほうが良いでしょう。女子に化けて毛利の殿に近づく以外、何か指示されていることはありませんか」

「なにも。どうせ、すぐに男と知れて追い出されるか斬られると思っていたようです。あの男は私たちを揶揄っていたのです」

悔しそうに言ったおエイが、ハッと口元を覆う。

「あの、冗談だと思っていたのですが、御家中にしていただけてお城にあがるようなことになれば、う、上様の、上様を」

怖ろしくて口にできぬことを言われたのだろう。ガクガクと震え出したおエイは、その場にしゃがみ込んでしまった。

「おエイ殿。もし、あの男から誘いがあっても、絶対に乗らぬように。卯月殿にもよく言い聞かせておいてください」

おエイがこっくりと頷いたとき、道場から甲高く大きな声が上がった。卯月の気合が入った掛け声だ。

おエイが立ち上がり、窓にすがる。

卯月と相対しているのは左馬之助だった。左馬之助より上背のある卯月が、伸し掛かるような形で鍔迫《つばぜ》り合いをしている。押されているように見える左馬之助の日ごろは眠たげな眼には強い光が宿り、力で押そうとしている卯月を受け止めている太い上腕には筋が浮いている。

見守っているおエイには申し訳ないが、卯月の負けだな、と兵庫は目を細めた。卯月の踏ん張っている足がジリジリと後ろに下がっている。押しているように見えるが、押し返されているのだ。踏ん張ろうと踵《かかと》に力を入れるから、更に重心が後ろにかかる。

案の定、卯月のつま先が浮いた瞬間、左馬之助の滑らかな動きで胴を打たれてしまった。

「ああ……」

悔しそうなおエイに言う。

「大丈夫ですよ、単に稽古不足なだけです。卯月殿はきっとまだまだ強くなる」

まだまだ、と叫んで左馬之助に再度立ち合いを挑む卯月の向こう側で、殿が大欠伸をするのが見えた。

その頃、飯田平右衛門は江戸城の一室で緊張の面持ちで座っていた。

「すまぬな、急に呼びつけて」

入ってきたのは、老中・久世大和守広之だ。

江戸城で、留守居役が老中に直々《じきじき》に呼びつけられるなど滅多にない。だから、平右衛門は余程のこと――つまり、殿が中間者に化けてお出まし、というお戯れが久世に露見し、そのことへの叱責に違いない、と早合点した。

指摘されるより先に、と平身低頭して謝罪を申し上げたら、久世が目を大きく見開いた。

「大名が中間者に化けて市中へ行った、だと……？」

その久世の様子を見て、平右衛門は（しまった、それではなかったか）と青ざめた。

「も、申し訳ございませぬ！　私どもが至らぬせいで大名としての矜持《きょうじ》を守ることができず。斯《か》くなる上は腹を召して」

「おまえごときの腹で片が付くものではないっ」

日ごろ穏やかな久世は語気を荒らげて一喝したあと、弱々しく笑った。

「だが、まあ、やむを得まい。毛利殿のすることであるから」

お咎めなしのようで安堵はしたが、先代からの「毛利殿のすることだから」という言葉の裏に秘められた揶揄《やゆ》に胃が締め付けられる。

「そもそも、これまで江戸城はおろか、外にも滅多に出て来なかったわけだからな。外に気持ちが向くのは悪いことではなかろう」

「で、では、本日は一体、何用でございましょうか」

平右衛門は恐る恐る、久世を見つめた。

「山鹿素行《やまがそこう》のこと、聞き及んでおるか」

素行は齢《よわい》わずか十五にして、居並ぶ城主相手に講義をした天才である。その知恵は圧巻だが、大大名たちから召し抱えの声がかかれども断ってしまう。その不遜さでも名高い人物であるが、平右衛門はまだ会ったことはない。

「山鹿殿がどうかされましたか」

「何度か会ったことがあるが、若い頃から頭が切れ、話も趣が深く、人を強く惹《ひ》き付ける男だ。学問について熱心で真摯《しんし》な姿勢は敬服するが、気位は高いし、少々、図に乗り過ぎるところがある」

久世の評を聴く平右衛門の脳裏には、戸ノ内兵庫の人を食ったような笑顔が浮かんできた。気位は高くないが、少々、いや、かなり図に乗っている。

「その素行が、『聖教要録《せいきょうようろく》』という、朱子学を痛烈に非難する書を出しおった」

えっ、と平右衛門は顔を上げた。山鹿素行は朱子学を強く推す幕府御用達の学者、林羅山《はやしらざん》の弟子だ。それでは林家の立場もまずくなるのでは——平右衛門がそう言うと、久世は渋い顔で頷いた。

「その通り。今はまだ素行の周辺でしか書は出回っていないようだが、熱心な信奉者の手によってすぐに広まる。いずれ、何か沙汰が下るであろう」

事情はわかったが、平右衛門はまだその話をされる意味が呑み込めなかった。

登城していない綱広が素行と交流を持つこともなく、また、兵学などを講じてもらうために働きかけたこともないのだ。

戸惑う平右衛門に、久世はふっと笑いかけた。

「念の為に伝えておかねば、と思うたのだ。由比正雪のときのように素行の信奉者が家中におれば、また火種となろう」

万が一のときは、慶安の乱で留守居役・福間右衛門がやったように迅速に動け、ということだ。

平右衛門はピンと背筋を伸ばした。

「お心遣い、ありがとうございます。家中の者たちの動きにはこれまで以上に目を配っておきまする」

心強さを感じる平右衛門の言葉に、久世は目を細めた。

「よろしく頼む。――時に、大膳大夫は正月に登城することは叶いそうか」

「そ、それは……その……未《いま》だ何も……」

伸ばした背筋が一気に丸まっていく。

「いや、皆まで言うな。おぬしの辛い立場もわかっておる。だがな、時には殿をしっかりと諫《いさ》めるのも家臣の務めであり――」

歯切れよい説教を、平右衛門は背を丸めたまま、聴き続けたのだった。

二十二　目覚めた奥方

半刻《はんとき》ほど稽古を見物したあと、卯月と兵庫を供に従えた綱広は市中をそぞろ歩いた。

卯月は激しい稽古の疲れなど見せず、足取りも軽い。奥で暗い顔をしていたのが嘘のようだ。気鬱はあっという間に晴れたらしい。綱広も機嫌よく、「卯月。また道場へ連れて来てやろう」と声を掛けていた。

夕刻、綱広を居室に送り届けると、兵庫は書物をまとめた風呂敷包みを卯月に持たせて奥へ行った。フサと示し合わせた通り、卯月をシヅに戻すためだ。

千姫は相変わらず顔色は冴えず、ぼんやりとした表情ではあったが、床を上げて待っていた。その横に、女が二人。フサと――。

目を丸くしている兵庫と卯月に、素早く唇に人差し指を当てて見せたあと、サヤは
「奥方さまに新しくお仕えすることになったサヤと申します」と丁寧に頭を下げた。

兵庫と卯月も慌てて礼を返す。

「えっと、その、フサ殿、この方は」

「千姫さまの御実家、越前松平家が寄越したのです。近頃はいろいろと不穏ですし、姫さまに万が一のことがあっては――と。ご内密にお願いしたいのですが、この者は腕に覚えがあるそうで、姫さまの護衛も務めます」

「な、なるほど……」

腕に覚えどころか、多摩の剣術道場で師範代の代理も務められる腕前である。恐らく、千姫の毒殺未遂を重く見た『彼の方』の差配に違いない。

「そこな若武者が女子に化けて奥に住まっておるというのは、真か」

不意に問うた千姫に、卯月が深々と平伏する。

「奥方さま、此度は多大なるご配慮、ありがとう存じます。私は訳あって、奥ではシヅという女子として暮らしております。不埒《ふらち》な気持ちは一切ございません。殿の、毛利のお力になりたい一心でございます」

千姫は「難しい話はわからぬ。早速、化けて見せよ」と気だるげに呟いた。

「はっ」

卯月はそそくさと、部屋の片隅に据えられている衝立《ついたて》の向こうへ消えた。おエイの手が必要かと思いきや、慣れているので着替えも化粧も一人でできるらしい。

女子に戻るならば私の部屋で、というのが千姫の出した条件だった。男子が女子の姿で奥に入り込んで三月《みつき》近く気づかれなかった、ということが信じ難いらしい。若武者姿でシヅの部屋へ戻るのは危険だから、千姫の提案は渡りに船だった。

卯月の衣擦れの音がする中、兵庫は徐《おもむろ》に風呂敷包みを解き、書物を一冊取り出した。

「では、お待ちの間に『醒睡笑《せいすいしょう》』という咄本《はなしぼん》にあるお話を語らせていただきます」

千姫が脇息にもたれて小さく顎を引いたとき、長廊下のほうから「と、殿、お待ちくださいませ、いま奥方さまにお尋ねして参りますので」とお春の慌てた声が聞こえてきた。

素早くサヤが動いた。衝立を背にし、入ってくる人物を待ち構える。卯月が着替えている途中に衝立を蹴倒されでもしたら大事である。千姫への配慮だ。

さすが、サヤ殿と兵庫が感心したとき、「邪魔をするぞ」と綱広が襖を開けた。

「と、殿。これは一体……」

困惑するフサの傍で、千姫がサッと開いた扇で顔を隠した。扇を持つ手は白く骨が浮いていて痛々しい。

「兵庫が何やら面白い話をするというので、相伴に参った」

そう言うと、綱広は千姫の隣にドカリと座った。千姫が身を縮め、痩せた身体を扇の陰に隠したいような仕草を見せる。

「殿……姫さまは病み上がりのお身体。このような行いは少々不躾ではありませぬか」

フサが小さな声で抗議をしたが、綱広は「そもそも不躾にせねば、千にはなかなか面会が叶わぬではないか」とぶっきらぼうに言い返した。

俯いた千姫に、綱広が珍しく慌てたように言葉を添える。

「別に咎めておるわけではない。女子には女子の都合があるであろうからな。それに千に何かあっては、越前松平家への顔も立たぬ――」

途端に千姫がすっと扇を下ろした。青白い顔なのに、頬が赤い。

「な、なんだ。何を怒っておる」

千姫が気分を害したことに気づいたらしい綱広が狼狽える。「怒ってなどおりませぬ」と小さく千姫が言い返し、フサを見やる。

「フサ。私はもう休む」

その言葉を遮るように声をかけたのは、サヤだった。

「奥方さま。お待たせいたしました。女子ができあがりましてございます」

サヤが衝立を大きくずらした。シヅが恥ずかしそうに進み出て、千姫の前に平伏する。

「奥方さま。改めまして、シヅと申します」

「なんと……真、先ほどの若武者か？」

目を丸くした千姫は何度か尋ねたあと、「確かに見事な変化《へんげ》」と褒《ほ》めた。綱広も千姫の機嫌が直ったことに安堵《あんど》し、「兵庫、面白き話とやらを早《はよ》う」と催促した。

「では――『醒睡笑』という咄本にある話でございます」

兵庫は前置きをして語りだした。

ある男がこっそり貯めた銭を、地面に隠そうとした。埋めるときに、「他人の目には蛇にみえて、わしがみるときだけは、銭になれよ」と繰り返し、言い聞かせる。ところが、それを女房が陰で聞いていた。女房は夫が留守の間にこっそり銭を掘り出し、代わりに蛇を埋めておいた。

男が戻ってきて地面を掘ると、蛇がいる。「おい、おれだ、見忘れたか」と何度も蛇に向かって言っているのは滑稽なことだ――。

他愛もない内容を、兵庫が声音を使い分けて語ったのだが、これがとんでもなく下手くそだった。男のほうはともかく、高くしようとした女房の声は裏返り、怪鳥の如き有様だ。

この男にも、不得手なものがあるのか、と綱広が憐《あわれ》みにも似た目を向けたとき、千姫が口元を押さえてクックックと笑いだした。

おまけに「兵庫、いま一度。同じ話を。早う」と強請《ねだ》った。

「では、いま一度――ある男が銭をうずめて隠すとき、銭に向かって曰く――」

話し始めから千姫がクスクス笑いだし、綱広の口元も自然と緩む。

先ほどとは緩急を少し変えつつ、更に誇張した表情と仕草でフサまで笑わせた兵庫は、話し終えると居住まいを正した。

「――斯様《かよう》に、人は己の思うたようにものを見るのです。何も知らねば、これは蛇だとわかるのですが、銭と思いこんでいる者の目には、たとえ蛇であっても銭だと思う。敵と思い込んでいるから、味方も敵だと思うのです」

　フサが苦笑した。正室の地位を狙う新しい女子と思っていたからこそ、男のシヅを目の敵《かたき》にしていたことを思い出したのだろう。

「奥方さま、恐れながらお尋ね申し上げます」

　優しい口調で言い出した兵庫に、千姫が不思議そうに首を傾げる。

「奥方さまが守るべき家は、越前松平家と毛利家、どちらでございましょうか」

　綱広とフサの顔色が変わったが、千姫は動じなかった。

「話には聞いておったが、真、無礼者であるな」

　そして、ゆっくりと脇息から身を起こした。

「決まっておろう――嫁いできた日から、私は毛利の者である。万一、毛利が徳川家と戦うようなことになったとしても、私は毛利につくし、殿と死を共にする覚悟である」

　言葉は先ほどよりもはるかに力強く、目には光が宿っている。そして、その目は兵庫ではなく、綱広を見据えていた。

「千……」

　顔をクシャリと歪《ゆが》ませた綱広に、千姫が微笑みかける。

「あれやこれやで近頃、その覚悟をすっかり失念しておりました。向後、遠慮は致しませぬので、殿も御覚悟を」

過ぎる女遊びのことを皮肉られたのに、綱広は嬉しそうに頷いた。

ふぅっと肩の力を抜き、千姫がまたもや脇息に身を預ける。これほど長く、フサや侍女以外の者と会うのは滅多にないことだった。フサがそっと千姫に寄り添う。

「姫さま、そろそろ休まれたほうが」

「兵庫。また話を聴かせてくれるか。また女子の出てくる話がよいな」

「承知いたしました」

「次は女子らしゅう聴こえるように、な」

千姫のクスクス笑いに送られて、兵庫たちは部屋を出た。

綱広が居室へと戻ったあと、書物と卯月の着替えが入った風呂敷包みを抱えて玄関へ向かう兵庫を、フサが追ってきた。

「まったく、あなたには驚かされてばかりです」

怒っていいのか、喜んでいいのかわからない顔で文句を言うフサを、兵庫が見つめた。

「フサ殿。恐れながらお願いがございます」

「もう何を聞いても驚きませんよ」

「姫さまではなく、奥方さまとお呼びになるとよいでしょう」

「え……？」

「人は呼ばれた名前に縛られます。姫さまと呼ばれ続けている限り、毛利の部外者や客であると、奥方さまにも周りにもフサ殿ご自身にも呪《のろ》いをかけてしまうのです」

「無礼な！　呪いなど……」

瞬時に険しくなったフサに、兵庫は柔らかな笑顔を向ける。

「お身体をご心配されておられることは、重々承知しております。ですが、お小さい頃からお側におられたフサ殿ならば、奥方さまの地力をよくご存じのはず。フサ殿ももう少し肩の力を抜いて、奥方さまを信じて差し上げてもよいのではないでしょうか」

虚を突かれたようにフサは立ち尽くしていたが、やがて、相わかりました、と頷いた。

「では」と頭を下げて去りかけた兵庫を、フサが呼び止める。

「兵庫殿にも、大事な方がおられるのですね」

兵庫はぎょっとした。サヤとは最初に目を合わせただけだ。気づかれたとは考えづらいのだが。

焦る兵庫にフサが口を緩め、すっと足元を指す。

「ほんのり、女物の香りがいたします」

いつぞや、サヤに手当てしてもらった手拭だ。傷がほとんど治りかけた今も、見えぬ場所であることをいいことに、名残惜しく巻いたままにしていた。

「あ……、こ、これは、そのっ」

「もしや、その方は怪鳥のようなお声をお持ちなのでしょうか」

「そ、そうではありません。柔らかくてかわいらしい声で」

あらまあ、とフサが大袈裟に口に手を当てた。

「では、その方の名誉のためにも、女子役をもっと鍛錬してくださいな」

とんだ意趣返しだ。すっかりやりこめられた兵庫は大汗をかきながら、奥を辞したのだった。

二十三・「巳の方」、暗躍

諸役の御用固屋の奥には、商人から届いたものや返すものを収める部屋がある。長岡左馬之助は、呉服方の奥の部屋に籠って一人、品の振り分けをしていた。

殿さまが何人かの側室に暇をやってしまったために、奥から呉服方への注文が減っている。毛利家としては無駄遣いが減り、喜ばしいことではあるのだが、大いに困る者がいた。

お春だ。

実家である真砂屋の売上が減る分には問題ではない。元より、毛利家には安く卸す取り決めであり、真砂屋としては注文が少ないほうが助かるぐらいなのだが、注文が減るということは、品の行き来が減るということ。お春にとって貴重な、家族からの文や差し入れを受け取る機会が減ってしまうのだ。

そこでお春は「うっかり」間違えて注文をしたフリをして、一度仕入れた品をまた真砂屋に戻すという手を思いついた。注文した品が届いたときに、「これはいりません」と持ってきた呉服方にそのまま戻せば金は動かないから、フサに知られずに済む。

万が一、奥の誰かに見とがめられても、「真砂屋が売り込みのために品を届けに来たが、奥方さまのお好みに合いそうになかったから、その場で持ち帰らせた」「こちらの望んだ柄がうまく伝わっていなかった」などと言えば済む。

真砂屋も事情を呑み込んでおり、かわいい末娘のわがままを今まで通り聞いているわけだが、そのとばっちりを食っているのが左馬之助だ。

少しでも暇ができたなら、他の御用方や番所の者たちから新たな話を仕入れたいのに、小娘の気を慰めるためだけに不要な着物や帯を持って行ったり来たりせねばならない。

毒殺未遂が騒ぎとなって以降、附子を渡す必要もなくなった。お春からの文には、外からではわからない奥の事情が詳《つまび》らかに記されており、助かったことも多いが、近頃はひたすら愚痴と文句ばかりが書き連ねられている。

曰く、殿がお春に見向きもしてくださらない。殿は相変わらず、シヅを贔屓《ひいき》にしておられる。奥方さまのところに、殿がしばしばお出ましである。近頃はシヅまでが奥方さまの部屋に出入りし、特段の扱いを受けている。子を生す前にシヅを始末しておいたほうがよい。奥方さまも顔色がよくなってきたから、やはり前の「お薬」を再開したほうがよいのではないか。まだ残りがあるから、いつでも二人を始末できる――。

いまは何か事を起こすべきではない、と何度書き記しても、お春は執拗に書き送ってくる。徐々に乱れていく筆は左馬之助を不快にさせた。あの女はいずれ、こちらの足を引っ張るに違いない。

そのとき、勘定方の大森辰之進が顔を覗かせた。

「左馬之助ひとりか？」

確かめると、辰之進は物珍しそうに棚を眺めながら近づいてきた。

「どうされました」

「うむ。真砂屋なんだが……。頻繁に品が出入りしている割に勘定が随分と少ない気がするのだ」

愚痴ばかり吐いていたこの垂れ目の男は、近頃随分と仕事に身を入れている。これまでなら品の出入りなど気にも留めなかったくせに。

左馬之助は心の内で大きく舌打ちすると、にこやかな表情で問い返した。

「もしや、勘定方で何か問題になっているのでしょうか」

「そういうわけではないのだが、気になったのでな。もしや、真砂屋からまた何やら無理難題を押し付けられているのではないか？」

勘定方の辰之進は、真砂屋をよく思っていない。払いが滞った折、左馬之助とともに呼びつけられて謝罪やら弁解をさせられた上、娘を引き受けさせられたことを根に持っているのだ。

「いえいえ、そんなことはありませんよ。ただ、時節柄、真砂屋が気を利かせて冬用のものを持ち込んできたり、流行《はや》りの色柄を様々に取り揃えてくれるのです」

愛想よく言ってかわすと、辰之進は「なるほど」と頷いたものの、「何かあればいつでも言うのだぞ」と言った。人のいい左馬之助が真砂屋を庇《かば》っていると思っているらしい。

間抜けなことだ、と思いながら、左馬之助は話を替えた。

「ところで、先だってお貸しした山鹿素行殿の書はいかがでしたか」

まだ市中には出回っていない『聖教要録』を、伝手を頼って入手しておいたのだ。

与平次が言っていた「例の件」である。徳川家の方針に反すると評判の書を家臣たちに読ませることで、家中の更なる分断を図るつもりだった。毛利の乗っ取り計画が頓挫した折には、改易へと舵を切ることもできる。

　毛利に不信感を抱き、主替えも考えていたらしい辰之進に「面白い書を手に入れましたよ」と読ませたのだ。

「左馬之助、あれはまずいぞ」

「え？」

「古学に肩入れし、朱子学を多いに軽んじている。いち学者ならばよいが、信奉する者の多い山鹿素行殿が出すのはいかんだろう。影響を受ける者が多すぎる。早晩、ご公儀から目をつけられるであろうな」

　辰之進はいつにない真面目な顔で左馬之助を見つめた。

「殿にご迷惑をかけることになってはいかん。あの書は早めに手放しておけ。私もあの書のことは胸の内にしまっておく」

　左馬之助はまじまじと辰之進を見た。あれほど殿の怠惰を非難し、軽蔑しきっていた男が「殿のご迷惑」を考えるとは。

　理由を尋ねると、辰之進は「それが家臣の務めであろう」と嬉しそうに言ったものだから、左馬之助は愕然とした。

「実は先だって、道場で殿にお褒めいただいたのだ。おぬしの声はよく通って大層心地よいとな」

殿はあれから何度か道場に足を運んでいる。稽古はせずに見物しているだけだが、辰之進のような図々しい者たちが「道場は無礼講」を盾にとって、殿に話しかけるのだ。

辰之進に剣術の才はなく、型も足さばきも並以下だから、殿としても声しか褒めるところがなかったのだろうが、辰之進は「殿に『源五兵衛節』の謡い比べをしようとお誘いいただいた」などと誇らしげだ。

辰之進だけではない。近習や騎馬隊の者たちは巧みな型を披露して「見事である」と褒美の酒を賜り、十五朗に至っては道具も持たずに道場に来て、殿と萩の思い出話に花を咲かせ、徒歩衆たちは「登城も近いのではないか」と俄然張り切りだした。

奥に引きこもっていた殿と家中の者たちの距離は一気に近づき、「新しく奥に来た巫女が、天岩戸をこじ開けたのだ」などとシヅを讃《たた》える者まで出る始末。

このままでは殿は正月に登城するかもしれず、お春が書いているように千姫の元に頻繁にお渡りがある以上、嗣子《しし》もできそうである。

最早猶予《ゆうよ》はない。

仲間伝手に与平次に家中の様子を伝えると、即座に返事が来た。

——毛利、改易のこと。

乗っ取り計画は捨てるということだ。どれほど労と金をかけた策も、駄目だと思えばすぐさま見切りをつける与平次のやり方に、仲間内から不満が上がることはあるが、左馬之助は冷静に受け止めた。

今は亡き師匠・由比正雪の、幕府転覆の悲願をいつか成し遂げるために、要らぬものは捨てていくだけだ。


若侍姿の卯月が殿のお供をするのも四度目。このままならば、出仕も近いのではと希望に胸を高ぶらせるおエイの元へ、愛宕の神社の宮司から文が届いた。

内密の話があるので、急ぎ来られたし——内密の話というのが気になるし、奥に残っていると、部屋で臥《ふ》せっている（ことにしている）シヅについて、お春のようにいろいろと聞いてくる者がいる。

幸い、殿お気に入りのシヅの乳母ということで通行証はすぐに出る。おエイは邸を出ると、愛宕へ向かった。

その道中だった。

「相すまぬ……道をお尋ねしたいのじゃが」

腰の曲がった老人に声を掛けられて足を止めた。老人は重そうな風呂敷包みを持っていて、息が荒い。

持っていた地図を見せてもらうと、割合と近い。おエイは「お持ちしましょう」と親切心を出した。

地図の通りに行くと、裏道に入り込み、しかも行き止まりになってしまった。

「あら、変ですわね。地図が間違っているのでしょうか」

後ろからノロノロとついてきていた老人に声をかけると、老人はすっくと背を伸ばした。

「変じゃねぇよ、おエイさん」

その声に耳を疑った。戸ノ内兵庫に近づくなと言われた、あの傀儡師だ。助けを呼ぼうと息を吸った途端、鳩尾《みぞおち》に重い拳が叩き込まれ、おエイは崩れ落ちた。


お春は浮かれていた。

近頃は「沙汰を待て、動くな」とつれない返事しか寄越さない「巳の方」が、やっと「内密に頼みたき旨あり」という文をくれたのだ。

お春は「縁戚の病気見舞いに行く」という理由で通行証を出してもらい、指示された場所に向かった。

ひと気の少ない雑木林の奥は女ひとりでは大層心細い場所だが、人目を忍ぶ必要があるのだろうと呑み込んで進む。そもそも、気が高ぶっているお春に恐れる気持ちはなかった。

昼間だが薄暗い雑木林を抜けると、朽ちかけた小さな家がポツンとあった。

恐る恐る中を覗くと、見慣れた顔が見えた。

「ご足労おかけしました」

呉服方の侍はいつも通りの眠たげな笑みでお春を出迎える。もう一人、大柄な男がいたが、こちらは部屋の隅からうっそりと頭を下げただけだ。

お春は戸惑っていた。

真砂屋と下屋敷を行きかう荷の中に忍ばされている私信は見逃すようにと、父は呉服方に言い含めていると聞いていたが、まさかこの男が「巳の方」だとは。

長岡左馬之助という呉服方の男は、大人しい上、腰が低いものだから、いつも実家の奉公人に対するのと同じように素っ気なく、時には乱暴に言葉を投げつけてきた。

「あの……あなたが『巳の方』だったのですか」

そもそも、家中の者が奥方に「薬」を仕込むとは如何なる事情なのだろうか。

だが、そういった事柄は左馬之助の言葉でどうでもよくなった。

「お待たせしてしまい、申し訳ございません。お春さまに是が非でも正室になっていただきたい、その悲願がやっと成し遂げられるときが参りました」

途端にすっかり奥方になったような気分で、お春は鷹揚《おうよう》に頷く。

「それで、頼みたいことというのは？」

左馬之助が合図をすると、隅にいた男が文机と座布団を運んできた。文机も座布団もこの家にはそぐわない上等なものだ。

「奥方さまとなられる方にこんな場所が相応《ふさわ》しくないことは重々承知しております。内密のこと故、ご容赦いただきたい。その代わり、お使いいただくものだけはそれなりのものをご用意いたしました」

ここで文を書いてほしい、と左馬之助は言った。

「文というより、遺書です」

「いしょ……」

眠たげな笑顔で言われても、その言葉の薄気味悪さは変わらない。

「わ、私になにを」

「違います、成り代わって書いていただきたいのです。あのシヅに成り代わって遺書を」

近頃、とみに目障りなあの女は死ぬのだ——恐ろしさは消え、喜悦が広がっていく。

「代筆といっても女子の字でないと、ご公儀に易々と見抜かれてしまいます。かといって、他の女子には頼めず……」

「相わかりました」

お春は左馬之助に言われるがまま、用意されていた紙に筆を走らせる。

毛利の奥方さまによからぬ薬を仕込んだのは私です。勘定方の大森辰之進という男の「奥方さまがお健《すこ》やかになる薬」という言葉を信じてしまったのです。大森はこれまでも辞めた奥女中に同じように言って、薬を仕込ませていたようです。

毒と知って強く抗議すると、「毒を入れたのはおまえだろう」と私を脅すようになりました。

常々、毛利家や与えられた務めに不満を持っていた大森は、偉い学者を信奉するあまり、徳川転覆を狙っているようです。そんな恐ろしいことを見過ごすことはできません。

大森の怖ろしい策を止めるために、何よりも奥方さまへのお詫《わ》びにこの命を捧げたいと思います――。

シヅと名前を書こうとしたら、「名前は癖が出るからやめたほうがよいでしょう」と止められた。そもそも、この遺書を懐に入れたまま死んでいれば、名前がなくてもわかる。

宛名はご老中さまだ。お春は、お奉行宛てではないことに疑問を持たなかった。大事なのは中身だ。宛名など些末なことなのだ。

「殺したあとで胸元に入れるのですが、ご公儀に疑われぬようにしたいのです。自分で入れると、文はどのぐらい見えるでしょうか」

左馬之助の言葉で、お春は畳んだ文を胸元に入れてみた。

「これぐらいかしら」

「失礼仕ります」

左馬之助がお春の前にあった文机をひょいっと脇へどけた。正面からお春を眺め、

「なるほど」と呟く。

「もう少し奥にあったほうがよいかもしれませぬ。何かの拍子に落ちてしまうかもし

れない」

「これぐらい？」

左馬之助が大きく頷き、そして平伏した。

「お春さま、ありがとうございました。これで無事、事を成し遂げられそうです」

「でも――これではシヅとおエイ、勘定方の者の身が亡《ほろ》ぶだけではないの？」

「いえ、これが大きな一手になるのでございます」

そうか、大きな一手か。いつになるのだろうか、あの屋敷の豪奢な部屋で「奥方さま」と傅《かしず》かれる日は。あの殿さまが優しい笑顔で見つめてくれる日は。もしかして、お正月あたりかしら？

思い描いてウットリとしていたら、首元にふわりと細い布が落ちてきた。腰紐だ。どこから何故、こんなものがと思ったとき、その紐がぐっと喉に食い込んだ。同時に、お春の下肢を左馬之助がしっかりと押さえているのが見えた。

一体何が起こったのか。問う間も与えられなかった。苦しいと思う間もなかった。

お春が思い描いた、「奥方さま」と傅かれる幻は呆気なく霧散したのだった。

二十四．殿の気遣い

色恋沙汰や奥での揉め事から、奥女中が出奔することはたびたびある。

だが、それが殿お気に入りのシヅの乳母と、訳ありで奥仕えをしていた真砂屋の娘だったから、飯田平右衛門はすぐに番所の目付を通じて奉行所へ届けを出した。

「首をくった女がいるらしい」

届けを出して二日後、世木長三郎が渋い顔で兵庫に告げにきた。

身元が分かるものがなく、毛利の奥女中かもしれぬから誰か確かめに寄越してほしい、と奉行所から使いが来たと言う。

その「誰か」がサヤだと知って、兵庫は仰天した。死体など気持ちのいいものではない。そんな場に立ち合わせるぐらいなら己が、と兵庫は奥側の門から出ようとしたサヤを呼び止めた。

「何故、サヤ殿が行かねばならぬのですか」

「シヅさまが行くと言い張っておられたのですが、あの見目では目立ちますし、万が一動転して男と知れてしまってはいけませんから。他の女子は腰が引けていたので、では、私がと」

「ならば、私が行きます」

「おエイさんであってもお春さんであっても、別の女子であっても——最期の姿を親しくもない殿方に見られたくないのではないでしょうか」

そうかもしれない。付き添うことは断られなかったので、そのまま二人で奉行所へ向かう。

遺体は、お春だった。

真砂屋からの使いが来るのを待つ間、兵庫は奉行所の者たちに許しを得て、筵《むしろ》に覆われたお春に経をあげた。

奥へ出入りしていたものの、兵庫はお春と言葉を交わしたことはほとんどない。憂いている様子は見受けられなかったが、死を選ぶほど人知れず悩んでいたのだろうか——。

帰り道、サヤがポツンと言った。

「お春さんは自害したのではないと思います」

奥へ入って間がないサヤから見ても、他の奥女中と違って個室を貰っていたお春は、実家からの文や差し入れもあり、割合と気楽に過ごしていたらしい。

悩みと言えば、綱広の手が付かないことぐらいだ。

「それに――ご遺体の両腿の外側に妙な痣《あざ》がありました」

検分する折、顔だけでなく全身を改めたと聞いてサヤの度胸に兵庫は恐れ入った。恐ろしさよりも、お春が死なねばならなかった理由のほうが気にかかったのだ。

サヤはぶるりと身を震わせて、掠れた声で呟いた。

「まるで、誰かがお春さんの足を強く押さえつけたような痕でした」

つまり、殺された可能性があるということだ。二人は黙り込んだまま、下屋敷へ戻った。

お春は、真砂屋が殿の側室にするべく送り込んできた娘だ。真砂屋の主が怒鳴り込んでくるのでは、と兵庫は心配したが、「そんな騒動は起こさせません」と左馬之助は言い切った。

「真砂屋とは知らぬ仲ではございませぬ。お春の遺品を届けに行くついでに、遺恨なきよう説得して参ります」

奥で暮らしていた娘の自害だ。遺恨なきといくものだろうか。兵庫の考えを読んだ左馬之助が、眠たげな顔でうっすらと笑った。

「あそこの主はそういう男でございますよ。娘のことより、真砂屋の身代に瑕《きず》がつかぬことの方が大事なのです」

真砂屋とは、向後も毛利と末永く取引をすること、下げていた値を戻すこと、娘は病死ということで話をつけるらしい。

「大大名の毛利に長く贔屓にされているというだけで、他の大名家や旗本から信を得やすいものですからね」

左馬之助は千姫の着物の受け渡しを担っていたお春とやりとりする機会も多かったはずだが、その口からは早すぎる死を惜しむ言葉は出なかった。

左馬之助も真砂屋の主同様、「そういう男」なのかも知れない、とため息をつきつつ、兵庫は呉服方を出たのだった。

それから四日経ってもおエイの行方《ゆくえ》は知れず、奉行所からもそれらしき死体が出たという知らせはない。そんな中、兵庫は綱広に呼び出された。

「明日、市中へ出るぞ。シヅに若武者姿で供をするよう伝えておけ」

シヅはそれどころではないのでは、と考えたことが顔に出たらしい。綱広は不機嫌そうに言った。

「奥で鬱々としていては駄目だ、身体を動かせと申したのはおぬしであろう。それに、剣術の稽古のあとならば心当たりを探すこともできよう」

そのための口実を作ろうというのだ。わがままが目立つだけで根っから優しいのだ、この殿さまは――。

思わず微笑むと、綱広がジロリと兵庫を睨んだ。

「以前も申したが、女も男も笑うているほうが良い。おぬしのにやけ顔以外はな」

「にやけておるつもりはござりませぬが……」

兵庫は己の顔を撫《な》でつけたのだった。

おエイについての知らせがあるかもしれぬから、下屋敷から出たくないという卯月をサヤは許さなかった。

「殿の御命令に背くのですか」

そう脅されて、渋々、若武者姿に戻って殿のお供につく。

だが、剣術道場で稽古をしていても気はそぞろで身が入らない。サヤは「何かあれば、ご公儀と密に関わっている長三郎さんからすぐに知らせがありますから」と言ってくれたが、「何か」あってからでは遅いのだ。

剣術の心得がほとんどない勘定方の辰之進に一本取られてやっと、その無様さに気づいて我に返った。

恐る恐る振り返ってみたら、殿がこちらを睨んで苦虫を噛み潰したような顔をしていたから血の気が引いた。こんな腑抜けた有様では家臣になるなど程遠い。

同時に、おエイがいないのに悲願を果たしても意味はあるのだろうかという疑問も湧いてくる。卯月は動揺していた。

「卯月殿、私と合わせましょう」

いつもは稽古を眺めているだけの兵庫が不意に声をかけてきた。いつの間にか、道着に着替えている。

今の己が真っ当に打ち合えるとは思えないから断ろうとしたら、「文字通り、竹刀を合わせるだけです」と言われた。

上段の構えで竹刀の先を軽く合わせる。

「目を閉じて」

戸惑いつつ、言われるままにすると、急に周りの音が大きくなった。激しく打ち合う竹刀の音、床を蹴る音、気合を入れる声、荒い息遣い——。

「では、次に、息を吐いて——吸って——」

一体何をしているのだ。こんなことをしている間におエイが、と思ったとき、兵庫の静かだが鋭い声が飛んできた。

「おエイ殿のことを考えましたね」

「は、はい……申し訳ございません」

「謝らずともよいのです。では、もう一度。息を吐いて、吸って」

うっかりおエイのことを考え始めると、敏感に察知した兵庫に指摘される。そして、また呼吸に戻るということを繰り返しているうちに、指摘と指摘の間の、呼吸の回数が増えてきた。

「大きく吸って、止めて。大きく吐いて。止めて」

兵庫の声よりも道場の中の音のほうが大きいはずなのに、気づけば兵庫の声だけが耳に届くようになっていた。息とともに、内に籠っていた不安や焦りや恐怖が吐きだされていく。

「——卯月殿。ゆっくりと目を開けてください」

卯月は目を見開いた。先ほどとは全然違う。視界が広い。頭がはっきりしている。

心も凪《な》いでいる。

兵庫が辰之進を呼んだ。

「もう一度、この者と手合わせ願えませんか？」

先ほどの勝ちに気をよくしている辰之進が、「手加減はせぬからな」と笑う。

構えた瞬間、辰之進の次の動きが見えた。兵庫の「はじめ」の合図と同時に、卯月は辰之進の竹刀をあっさりと跳ね上げたのだった。

悔しがる辰之進に三度目の立ち合いを挑まれ、応じるつもりだったが、「飽きた。

茶を飲みに行くぞ」の殿の一声で、勝負は次回に持ち越しとなった。

急いで身づくろいをした卯月があとを追うと、綱広が誰にともなく言った。

「愛宕の神社近くに、すすりだんごとやらを売っている店があったな」

そんなものがあったか、と首を傾げる卯月に「食してみたいから買《こ》うて参れ」と綱
広が顎をしゃくった。

「千や平右衛門にも食べさせたいから、五人前ほど求めて参れ。夕餉《ゆうげ》までなら待って
いてやる」

殿が何を言っているのかわからず、ぼんやりしていると、兵庫が「夕餉の時間まで

愛宕の神社でもどこでも、お好きなところへ行ってよいということです」と言葉を添えてくれた。

おエイを探してこい、というお許しにやっと気づいて、卯月は兵庫とともに先に下屋敷に戻る綱広に、深々と頭を下げた。

殿の気遣いのためにも、必ず連れて戻ると駆け出したものの、すぐに途方に暮れる。この十三年、詮索されないよう親しい者も馴染みの店もつくってこなかったため、おエイの行き先に心当たりがない。

とりあえず、と卯月は神社に足を向けた。毛利の目付が問い合わせたときには、「おエイはここのところ来ていない」という返事だったらしい。文を出した覚えもないと言う。

わずかな望みを持って神社へ行ったが、傀儡師が作業のために使っていた小屋にも、住まわせてもらっていた離れにもおエイの姿はなかった。

気持ちが折れそうになったが、まだ心当たりはある。両親と兄の遺骨を預けている寺だ。

そのとき、下男がフラリと現れた。

「丁度良かった、よく出入りしてた傀儡師が、おエイさんのことでアンタに会いたいって言ってたぜ」

近々来るはずだから、と傀儡師は伝言を残していたらしい。


何故、行き先がここから一里ほど離れた雑木林なのか。何故、いつも巫女の姿しか見せていなかった下男に、若武者姿の卯月がシヅだとわかったのか――。

卯月はそうしたことに疑問を抱かぬまま、おエイから「傀儡師とはもう関わらぬように」と言われたことも忘れ、雑木林を目指して走りだした。

二十五．指月の宵に

赤茶けた落ち葉が敷き詰められた雑木林を進んでいくと菅笠《すげかさ》に草鞋《わらじ》、脚絆を身に着けた旅装束の男が、ブナの樹の根本に座り込んでいた。

「待ちくたびれたぜ、シヅ」

卯月の姿に気づくと、男はゆっくり立ち上がった。あの傀儡師だ。

「あの、おエイのことで何か御存知と聞いたのですか」

それには答えず、与平次は懐から出した何かをポイッと卯月の足元に投げて寄越した。

卯月は息を呑んだ。小さい頃から何度も目にしてきた、母の形見の安産守だ。相手が脇差しか差しておらず、それも抜く気配がないことを確かめてから古びたお守りを拾い上げる。

間違いない、おエイが肌身離さず持っていたものだ。

「これを何故、あなたが持っているのですかっ」

声を尖らせたが、与平次は平然と近づいてくる。刀に手を伸ばし、呼吸を整えていると、男は間合いの外で立ち止まった。

「おエイを無事に返してほしくば、指示に従え」

傀儡師のときのお調子者の顔はすっかり影を潜め、その目の奥には昏《くら》い光がある。

「指示?」

「毛利の下屋敷に今日、老中・久世大和守がいくはずだ。それを斬れ」

言われたことがすぐには呑み込めない。戸惑う卯月に与平次が大股で近づいてきた。卯月は後ずさりながら言い返す。

「そんなこと、できるわけがないでしょう! ご老中を、しかも毛利の屋敷で、など

「……」

「女子の姿であれば、久世も油断するだろう。それに」

与平次はお守りを持っている卯月の手首を掴んだ。振り払おうとしたが、びくともしない。

「──久世を斬らねば、おエイを殺す」

思わず顔を見つめた卯月に与平次がニタリと笑いかけた。

「いいことを教えてやる──おまえの父親や兄の処断を決めたのは、久世だ。久世は、親と兄の仇《かたき》だ」

「え……」

握りしめられていた手が、ふっと解放された。急いで後ろへ飛びのいたが、いろいろなことを受け止めきれず、よろけて尻もちをつく。

ゆっくりと近づいてくる与平次から逃げることもできない卯月の頭に、声が降ってくる。

「毛利の殿さまを斬れと言っているのではない。仇である男を斬るだけだ。義はおまえにある。父や兄、母の恨みを晴らせ。さすれば、別の大名家への出仕を手配してやる。おエイもそれを望んでいるぞ」

卯月は相手を睨みつけた。あのおエイがそんなことを望むはずがない。

「毛利の家中には仲間が入り込んでいる。おまえが事を為したか為さなかったか、俺にはすぐにわかる。為さねば、おエイの首が届くぞ」

再度脅され、卯月はフラフラと雑木林を後にした。

心の臓が痛い。息ができない。雑木林を出たところで、卯月は座り込んだ。

握りしめたままのお守りが汗で湿っていることに気づき、卯月はそっと手を開く。

おエイがいたからこそ、ここまで生きてこれた。

おエイがいなければ、毛利の家中に戻るという悲願になんの意味もない。

——やるしかない。

卯月はゆっくりと立ち上がった。


ウトウトしていたおエイは、転がされている板間がギシギシと鳴る音で目を覚ました。

「飯だ」

後ろ手に拘束されている腕を乱暴に引き起こされ、縄を切られる。目隠しと足の縄はそのままだ。握り飯が一つのった皿と水が入った丼《どんぶり》が板間に置かれる音がした。

おエイは腕や肩を揺すって充分に強張りを緩めると、指をソロソロと板間に這わせて丼と皿の位置を探る。水も飯も一日に一度しか与えられないのに、丼をひっくり返して丸一日喉の渇きと戦う羽目になったことがあるから、慎重になってしまう。丼を摑むと、おエイは喉《のど》を鳴らして水を飲んだ。

この食事のおかげで、拐《かどわか》されて七日経ったことはわかるが、なんのために己が捕えられたのか、相手の狙いはわからないままだ。

はじめて腕が自由になったときに相手の隙をついて逃げようとしたのだが、あっさり引き倒された。目隠しがずれたが、誰の顔も見えず、古い家らしきところにいる、ということしかわからなかった。

「逃げないほうがいいぞ。逃げる様子を見せたら殺していいって言われてるからな。つい先日もここで一人縊《くび》り殺したところだ」

耳元で野太い声に囁かれて、背筋が凍る。おエイは逃げることを諦めた。夜は硬くてかび臭い布団らしきものもかぶせてもらえるし、目隠しを外さぬままだが、外の厠《かわや》へも連れて行ってくれる。

ゆっくりと小さな握り飯を噛み締めていると、ギシギシと音がして人が近づいてきた。

「アンタ、もう少しの辛抱だぜ。こんな不自由な暮らしも今夜、終わる」

「そうですか」

おエイは淡々と応じた。言葉通りには受け取れない。何故、ここまで生かされたのかわからないが、今夜、用済みになるという予感がある。

「もうちょっと喜べよ。本当に自由にしてやるよ。アンタの坊やが老中をちゃあんと仕留めたらな」

とんでもない言葉に耳を疑う。思わず握り飯を取り落としたが、それどころではなかった。

卯月さまがご老中を？　何故、そんなことに？

「おいおい、喋《しゃべ》っちまっていいのか」

「知ったって、この有様じゃ何もできまい」

「ま、待って、お待ちくださいっ。どういう、ことですか！」

人のいる気配のほうへ手を伸ばそうとした拍子に、ついた手が床に落とした握り飯を押しつぶしてしまった。

「ねぇ、教えてください！」

「もう食わねぇんなら、縛るぞ」

無慈悲な声と共に、乱暴に腕が後ろに引っ張られ、元のように拘束される。

おエイがしつこく問い続けていると、「うるせぇ」と埃臭い手拭を口に押し込まれ、吐きださぬよう、猿轡《さるぐつわ》を噛まされた。

老中暗殺を企《くわだ》てるなど、重罪である。失敗しても成功しても、その先には死しかない。おエイを人質に取られた卯月がそんな企てに関わるなど、耐え難いことだった。

おエイは暴れた。舌を噛み切ることができない以上、他に術がなかった。拘束された身体《からだ》で板間を転がり、壁を蹴る。

慌てて駆け寄ってくる足音がした。

殺せ、とくぐもった声をあげる。自分さえいなければ、卯月は暗殺などしなくて済むのだから。

「この女、おとなしくしやがれ！」

腹を激しく蹴りつけられ、三人がかりで柱に縛り付けられる。

私は卯月さまのために死ぬことすらできない――目隠しの布が涙で濡れそぼっていく。

おエイは心の中で卯月の名を呼び続けた。

兵庫は鋭い。会えば、卯月に課せられたことを見透かすだろう。だから、一人でこっそり奥へ戻るつもりだった。

わざわざ裏に回り、奥の番所の目付に愛想よく「ただいま戻りました」と声をかける。

「ご苦労でござった」

殿と出かけるときに顔を合わせていた目付は頷くと、「兵庫殿ならば中長屋であろう。表へ回られよ」と言った。

予想通りだ。卯月は手にした包みを掲げた。

「殿が、奥方さまのためにと御所望のお菓子なんです。時を置かずに召し上がっていただかねばならぬもの。戻ったらすぐに奥へと仰せでしたので、先にフサさまにお渡しして参ります」

それならば、と目付はすんなりと通してくれた。

奥で誰かに見咎められても同じ言い訳をすればいいだろう。そして、自室でシヅの姿に戻り、久世大和守の訪れを待つ――。

奥の玄関には誰もいない。しめた、と草履を脱ぎ捨てたとき、玄関横の小部屋からスルリとサヤが現れた。

「卯月さま、お一人ですか」

人の気配などしなかったのにと驚いて、思い出す。剣術道場の師範代の代理を務めることができる人だった。

卯月は慌てて笑顔をつくり、悪戯小僧っぽく囁く。

「兵庫さまとは別行動だったので……。いま、誰もいないので、このまま着替えて参りますね」

脇をすり抜けようとしたら、すっと伸ばした腕に行く手を阻まれた。

「そうは参りません。ここは無人でも先には奥女中がウロウロしております。その姿でシヅさまの部屋に入られるところを見られでもしたら、大騒ぎになりますよ。いつも通り、兵庫さまとご一緒に出直してくださいませ」

企みを見透かされるから兵庫と会いたくないのだ、などとは言えず、口ごもっていると「何か不都合が？」と強い目で見つめられた。

卯月は慌てて首を振る。

「では、後ほど」

ニッコリと微笑んだサヤがそのまま、玄関まで送りに出てきた。見張られていては庭に回り込むこともできない。

卯月は仕方なく中長屋へと足を向けた。

その頃、文箱《ふばこ》がひとつ、久世大和守の老中屋敷に届けられた。

届けたのは野菜を売っている老婆で、笠で顔を隠した男に銭と引き換えに頼まれたと言う。

門番が中を改めると、老中宛ての差出人不明の文が一通入っていた。

毛利の奥方さまによからぬ薬を仕込んだのは私です、から始まるその文は、筆遣いも言葉遣いもしっかりしている。

悪戯とは思えず、下城して寛《くつろ》いでいた久世にその文はすぐ手渡された。

一読して、久世は愕然とした。

大膳大夫の奥方の毒殺未遂は聞き及んでいる。奥方は家康公の係累で越前松平家の姫だから、極秘とされていることだった。

毒殺を企てた者が徳川転覆を狙っていると知っては看過できない。慶安の乱再び、という言葉が久世の脳裏を過《よぎ》る。

「毛利の奥女中、それも奥方近くで仕えていた者が先日、自害しています。ここに記されている大森辰之進という男を捕らえて参りましょうか」

「いや、待て。ことを荒立てるな」

今すぐにでも飛び出しそうな目付を制する。

戸ノ内兵庫は「毛利大膳大夫に二心なし」と断じていたが、八朔の件から毛利をよく思わぬ者も多い。そんななかで「家中に謀反を企てる者あり」と知られれば毛利も無事では済まない。

「私が直接確かめて参る」

久世の動きが噂を呼んでは困る。ご機嫌伺いに立ち寄っただけという体を取るため、久世は供を二人だけ連れて屋敷を出た。

物陰から様子を窺っていた長岡左馬之助は、慌ただしく出かける久世の姿に目を見張った。

「遺書を届けさせたあとも、久世の屋敷を見張っていろ。慶安の乱を知っている久世だから、絶対にすぐ動く」と与平次が言っていた通りになったのだ。

失敗したとはいえ、由比正雪の反乱は幕閣に恐怖を植え付けたと思うと、暗い悦《よろこ》びが湧き上がる。

いよいよ仕上げだ。左馬之助は夕闇に紛れながら、久世を尾け始めた。

極力、いつも通りに――気を張る卯月に兵庫が心配そうに問うてきた。

「おエイさんはいかがでしたか？」

卯月は小さく首を振る。

「そうですか……。卯月殿、だいぶお疲れのご様子。奥へはちょっと休んでからにしましょう」

そんなことをしていたら久世が来てしまう。

「でも、だんごを早くお届けしなければなりませんから」

卯月が慌てて包みに手を伸ばしたとき、不意に腕を掴まれた。

「この痣はなんですか」

袖口から覗く手首に目を落とし、ハッとした。与平次に掴まれた痕がついている。

「稽古のときにはありませんでしたよね。どうしたのですか」

いつになく強い口調に、卯月は目を逸らした。

「これは戻る途中でぶつけてしまって。あの、離していただけませんか」

「離したら逃げるでしょう」

兵庫が卯月の腕を握る力は、与平次と同じぐらい、いや、それ以上に強い。

このまま、ねじ伏せられて身動きがとれないようなことになれば、そして、腕を折られるようなことがあれば、「事は為らず」ということでおエイが殺されてしまう。

卯月は死に物狂いで足掻《あが》いた。

と、不意に兵庫の力が緩む。腕を振り払い、刀を抜こうとして卯月はハッとした。

兵庫の手には、先ほどまで懐に入れていたお守りが握られている。

「いつの間に……」

唇を噛む卯月にお守りが突きつけられる。

「これはおエイさんが大事に持っていたお守りでしょう。何故、これをあなたが持っているのですか」

兵庫の顔は険しい。どれほど言葉を尽くして懇願しても、おエイの命がかかっていたとしても、義に篤い兵庫が久世暗殺など許すわけがない。

それでも、卯月は足掻くしかなかった。狭い場所だが、下段の構えならなんとか戦える。

刀を抜き、兵庫との間合いを詰めながら隠剣の構えから喉を狙った、つもりだった。

ストッと膝が抜け、卯月は無様に転がった。おまけに刀も取り上げられている。

先ほどまで己が握っていた刀の切っ先が、目の前で鈍く光った。

「卯月殿の悪い癖ですね。ひとつのことに気を取られ過ぎて、他が疎《おろそ》かになる。向後、鍛錬の折には視野を広く持つことを心がけてください」

向後など——おエイが死んで己が生き抜く先など考えられない。いっそ、その切っ先を喉に突き立ててほしい。

そう願ったのに、兵庫は卯月の腰から鞘《さや》を抜き取ると、静かに刀を納めてしまった。己の無力さに涙が溢れる。

「卯月殿。何があったのか、話してください」

手を差し出す兵庫の声には、怒りも憤《いきどお》りもない。

卯月はその手を借りて起き上がり、流れ続ける涙を手の甲で拭った。

話を聞き終えると、兵庫はお守りの口をそっと指で開いた。

「あっ」

お守りの中身を確かめると効きめがなくなる、バチが当たる。そもそも、神さまが宿るものを雑に扱うなどやってはいけない行いである。

「兵庫さま」

思わず咎めたが、兵庫はお守りからお札ではなく古い紙を引き出した。

「それは……」

卯月が、この命名紙を見るのは初めてではない。男が生まれても女が生まれても、名を贈ろうとした父、宇野又右衛門の想いが詰まった大事な紙だ。

「卯月とシヅ、命名の由来を考えたことはありますか」

卯月は首を振った。おエイもそこまでは聞いてはいなかった。

「恐らく、どちらも同じものから取った名だと思います」

「同じもの……？」

「お城がある萩の指月山ですよ」

指月山のシヅ。だが、卯月は――。

「指月山はシゲツ山とも呼ぶそうですよ。卯月は四月。読み方によってはシゲツとも読める。又右衛門殿は、女子でも男でも指月の山に関わる名を付けたかったのでしょう」

驚く卯月に、兵庫が優しく微笑む。

「又右衛門殿はお城を抱く指月の山がお好きだったのだと思います。生まれてくる子が男であれば、すぐに消されてしまうかもしれない。女であっても萩には住めないかもしれない。けれど、指月の山と共にあるから大丈夫。そういう想いがこめられているのではないでしょうか」

卯月は呻《うめ》いた。肚《はら》の底から悔しさがこみ上げてくる。兵庫の推察は当たっているだろう。だが、父から直接、聴《き》きたかった。

父もそうしたかっただろう。だが、粛々と連座を受け容れた。毛利を守るために。それが毛利家家臣として、為すべきことだったから。

兵庫が命名紙を元通りに収めたお守りをそっと差し出してきた。受け取り、握りしめる。

おエイ、すまない——。

顔を上げると、兵庫と目が合った。

「卯月殿。肚は決まりましたか」

「はい」

卯月は大きく頷いた。

二十六. 下屋敷、騒乱

いつも通りに振るまってください——兵庫にそう言われて、卯月は千姫の部屋でシヅに戻った。

おエイの行方が未だ知れないと聞いて千姫とフサが顔を曇《くも》らせる傍《かたわ》らで、綱広は卯月が買ってきたすすりだんごに手を伸ばした。

「だんごという名で、おまけに小豆《あずき》の粉を使っているというから甘味だとばかり思っていたら、塩気が強いな。砂糖がもう少し多いほうが好みだ」

ブツブツ言いながらも、「美味いことは美味い」と食べきってしまった。

他の者の手つかずの皿に目を向けた途端、サヤがすかさず、「奥方さま、お夜食にお出しいたしますね」とその皿を脇へどけてしまったから、綱広はふくれっ面《つら》で脇息にもたれる。

「すすりだんごとやら、見た目と違うところは、おぬしのようだな、兵庫。塩辛いのか甘いのか判然とせぬ」

「ありがとうございます」

「誉めておらぬ」

「美味いと仰せでしたので」

千姫がクスクス笑いだし、「奥方さま、お行儀が」と諫《いさ》めるフサの口元も笑っている。

「殿、恐れながら申し上げます」

「どうせ塩辛いことだろう」

まぜっかえした綱広に、兵庫は真面目な顔で「左様でございます」と言い切り、スッと姿勢を正した。綱広も、もたれていた脇息からゆっくりと身を起こす。

「……申せ」

「本日この下屋敷でご老中、久世大和守広之さま暗殺の企みがござりまする」

綱広が思い切り顔をしかめた。

「なんだ、それは。大和守が何故、ここで」

「それはわかりませんが、卯月殿が聞き込んで来たのです」

「シヅ、真か」

「……はっ」

むぅ、と綱広は腕を組んだ。

「本日ここで、と言い切るだけの策が相手にあるということ。相手は大坂城を乗っ取って幕府転覆を謀《はか》ろうとした者どもです。何を仕出かしても不思議ではございませぬ。現に、おエイ殿を人質に取り、卯月殿を意のままに操ろうとしております」

うむ、と唸って黙り込んだ綱広に代わって、フサが口を開く。

「兵庫殿。この場で明らかにしたということは、おエイを見殺しにするということですよね。他に何か策はないのですか」

「そのことですが」

声と共に、頭上から長三郎が音もなく下り立った。

「ご公儀の目付によると、暗殺を企んだ傀儡師・与平次は江戸を出てしまったようです」

言われて卯月は思い出した。傀儡師が旅装束だったことを。

「あの、おエイは……おエイも行動を共にしているのでしょうか」

「いえ、囚《とら》われの身のままです」

長三郎は懐から地図を出してその場所を示した。

「この雑木林の奥に空き家があります。出入りしている者は男三人。いずれも与平次と接触していたと思われる者たちです」

「場所がわかっていて相手は三人ならば、ご公儀もさっさと踏み込めばよいではないか」

呆れたように言う綱広に、長三郎が首を振った。

「相手の狙いがわかるまでは動くな、というご指示のようです。囚われている者はずっと目隠しをされていて、どこの誰かもわからなかったので」

「でも、卯月殿のおかげで相手の狙いがわかりましたね」

兵庫の言葉は慰めにはならなかった。おエイと己のせいで毛利家と老中が危機にあるのだ。

「与平次は言っていました。家中に仲間がいる、おまえが事を為さねばおエイの命はない、と」

「家中に仲間、だと」

綱広が眉間に皺を寄せたとき、フサがアッと声をあげた。懐から出した小さな紙を慌ただしく広げて見せる。

「今日、お春の部屋を片付けたときに見つかったものです」

折り目のついた紙には、千姫によからぬ薬を盛るに当たっての事細かな注意が書かれていた。

「この『巳』という者が見張りなのではないでしょうか。家中の者ならば、お春に文を渡す労もなかったでしょうから」

「長三郎、この『巳』という者、家中に心当たりは」

綱広の問いに長三郎は「名前に巳がつく者は三十一名おります」と即座に答えた。

「ただし、いずれも厩《うまや》番や風呂焚き、料理番の下働きなどで、御用方固屋や屋敷内に出入りすることは滅多にありません。奥にいるシヅ殿を見張るのに適した者はおらぬかと」

「では、巳年の者でしょうか」

卯月が言うと、全員が唸った。長三郎が渋い顔を卯月に向ける。

「奥の者を入れると三千人近くいるんだぞ。巳年の者など何人いるか……」

「この一文字だけでは見当もつきませんね」と兵庫がため息をついたとき、綱広が天井を睨んで「巳か……」と呟いた。

綱広は人差し指を立て、天に丸を描く。

「巳は辰《たつ》の右だな」

「干支のことならば、辰の左、ではございませぬか？」

不思議そうに首を傾げる千姫に、綱広が微笑んだ。

「シヅがおった神社では、干支の恵方盤が天井に下向きに取り付けられておる。南を向いて恵方盤を見上げれば、常とは左右が逆になるのだ」

アッと、らしからぬ大声を上げて腰を浮かしたのは兵庫だった。何事かと見つめる綱広たちに、兵庫は囁いた。

「であれば、巳は午《うま》の左――呉服方の長岡左馬之助では？」

「急ぎ、左馬之助を捕えます」

綱広に命じられる前に姿を消した長三郎だったが、時をそれほど置かずに戻ってきた。

「お春の遺品を届けに真砂屋へ行ったまま、戻ってきていないようです。急ぎ、奉行所へ届け……られませんね」

長三郎は言いかけて、首を振った。

「それに何故、老中が必ずここへ来るとわかっているのか――わからぬことが多すぎて下手《へた》に動くことはできませぬ」

「……奴らの策に乗ってみるか」

綱広が険しい顔で呟いた。

飯田平右衛門は動転していた。

夕刻、遅くなってからの老中の来訪。更に「毛利家家中に謀反《むほん》企む者あり、勘定方の大森辰之進を召し出せ」と言われて動転せぬほうがおかしい。

だが、辰之進に気取《けど》られて出奔されては大事になる。

平右衛門は殿へ知らせるのは後回しにして、中長屋で仲間たちと酒を飲んでいた辰之進を捕え、行李に隠し持っていた山鹿素行の『聖教要録』も押収した。

目付に問い詰められた辰之進は「何のことかわかりませぬっ」と言い張っているが、あの書物があっては庇うこともできない。

千姫の居室にいた兵庫は、駆け込んで来た平右衛門から事情を聴いて「なるほど……」と唸った。

「確かに、慶安の乱再びという様相を呈すれば、ご老中も駆けつけるはずですね」

「兵庫、その辰之進とやらはどんな男だ」

「殿も御存知の男です。剣術の腕はいまひとつですが、道場じゅうに通る声の持ち主です」

綱広が膝を打った。

「ああ……あの男かっ」

「謀反を企てる男ではございません」

「殿、兵庫の言葉を鵜呑《うの》みにされてはなりませぬ！　辰之進は山鹿素行に傾倒しておったのですぞ」

お家の一大事だというのに、なぜか落ち着きはらっている綱広たちが平右衛門には不思議でならない。

「念の為、辰之進には見張りを付けて部屋から出すな」

「し、しかしながら、すぐに召し出せとご老中が……」

「急《せ》くでない。酒で機嫌を取るぞ。平右衛門、酒を手配せよ。シヅ、酌をしに来い」

この危機は酒で流せるものではないと、わかっておられぬのか。カッとなった平右衛門は、思わず大声を出した。

「殿、恐れながら申し上げますっ。事はお家の一大事、もっと深刻にお考えいただかねば……」

「考えておる！」

そう言い返した綱広の目はいつになく真剣だったから、平右衛門は不満顔ながら口を噤んだ。すかさず、兵庫が言葉を添える。

「飯田さま。酒の支度とともに、屋敷の各番所へ何人たりとも外へ出すな、とお命じいただけますか」

「う、うむ。相わかった。

事情が呑み込めぬまま、兵庫の言葉に頷くと、平右衛門は慌ただしく部屋を出て行った。


平右衛門を見送ると、千姫はフサとサヤに、側室や奥女中たちをこの部屋へ集めるよう命じた。

「ひとところにおったほうが、警護も容易だし、殿やご老中の警護に人を割けるというもの」

「奥方さま、お願いがございます。私をおエイさんのところへ行かせていただけませんか。隠れ家を見張っているご公儀の方に、おエイさんを助け出しても差し支えないと伝えて参ります」

サヤの言葉に、千姫が綱広に問うような目を向ける。サヤは早口で言い募《つの》った。

「もし、左馬之助以外の仲間が家中にいて暗殺ならずと知ったときに、おエイさんを先に助け出しておけば、相手は次の手が打てません」

綱広は「そうせよ」と短く言うと、部屋を出て行った。

「サヤ殿、よろしくお頼みいたします」

卯月が頭を下げるのへ、サヤが頷く。

「お気をつけて。ご公儀がいるとて無理は禁物です」

廊下で囁いた兵庫に「兵庫さまもお気をつけて」と微笑み返し、サヤは音もなく奥の玄関へと走っていった。

山鹿素行に傾倒しているのは、勘定方の大森某だけだろうか。平右衛門には家中の組頭に迅速に確かめさせて――と忙《せわ》しなく頭を働かせていた久世大和守広之の前に、綱広が「お待たせせいたしました」と現れた。後ろから女が一人、ついてくる。

老中と面会の場に女を侍らせるなど、相変わらずというところか。平伏した女が顔を少し上げた。思っていたよりも若い。

はて、どこかで会ったことがあるような、と首を傾げたが、「随分と冷えて参りましたな」という綱広の声で当初の目的を思い出した。

「大膳大夫、挨拶は抜きだ」

そう言って綱広を見つめた久世は、おや、と思う。

滅多に会えぬこの殿さまは、会うときは必ず酒や白粉の臭いがしていて内心、苛立つことも多かったのだが、今日はそれがない。酔っていないからか、目つきもしっかりしている。

見違えたのはあの男のせいかもしれぬ、と部屋の隅に控えた戸ノ内兵庫を見やる。どんな手を使ったのか、いずれ聞かねばと思いつつ、取り急ぎの用を口にする。

「大膳大夫。こちらの家中で穏やかならぬ企みがあると聞き及んだ。急ぎ、家中を改めていただきたい」

「難しい話の前に久々に酌み交わそうではありませんか。シヅ、お酌をせい」

性根は変わっておらぬのかと失望したとき、表の玄関辺りが騒がしくなった。

喧嘩ならば、表御殿ではなく家臣の住まいに当たる長屋で騒ぎが起きがちだ。となると、何らかの訴えか謀反――。

久世が腰を浮かしたのと同時に、綱広が「長三郎」と呼びかけ、天井裏に潜んでいた世木長三郎が微かな物音とともに、気配を消した。

控えの間にいた久世の用人二人も「見て参ります」と駆け出して行く。

後には久世と綱広、兵庫とシヅという女だけが残された。

「いったい、何の騒ぎですかな……」

そう呟いてみたが、誰もが黙り込んでいる。酌をと言われた女も動かず、綱広も催促をしない。

いったい、これはどういうことだ——だが、久世も薄々気づいていた。何かが起ころうとしている。ならば、その何かを待つしかない。

久世はその場に溶け込むべく、静かに深く息を吐いた。

庭から表御殿の玄関へ回った長三郎は唸った。すわ、謀反か一揆かと思いきや、役方の家臣たちが玄関の警護の者と揉めているだけだ。

「辰之進が何をしたというのだ」

「飯田さまを出せ！」

「説明してもらわにゃわからんぞ！」

焦《あせ》った平右衛門が問答無用で辰之進の身柄を押さえたために、事情を呑み込めない家臣たちが大声をあげているのだ。大した人数ではないが、酒盛りをしていた最中だったのか酒の臭いがプンプンしていて、警護の者と足を踏んだ踏まない、殴った殴らないと小突き合いが起き始めている。

こんなときに面倒を起こすなよ。

長三郎は騒動を収めるべく、久世の用人たちとともに酒臭い集団に突っ込んで行った。

玄関の騒乱を聞きながら、左馬之助はほくそ笑んだ。愚痴っぽい辰之進はああ見えて人望があったらしい。捕えられたことで、他の者たちがあれほど熱くなるとは思わなかったが、おかげで様子を窺いやすくなった。

騒動を収めるため、小姓や近習、目付たちが玄関のほうへ急いでおり、勝手知ったる奥の玄関から入り込んだ左馬之助は書院の隣の間まで難なく入り込んだ。

書院は何故か静まり返っているが、衣擦れの音がしているから人はいるのだ。

シヅはまだ事を起こしていないのか。この騒ぎに乗じないとは、やはり若輩者《じゃくはい》だ。

静けさに焦《じ》れた左馬之助は一番端の襖をほんの少しだけ開けた。

正面に綱広、相対しているのは久世だ。

久世の傍に侍っていたシヅは音もなく立ち上がると、するりと打ち掛けを脱ぎ落とした。

久世がギョッとして腰を浮かす。打ち掛けで気づかなかったのだろう、袴を履いたシヅは襷《たすき》掛けで帯刀までしていた。

スラリと刀を鞘から抜く滑らかな動きに久世は声もなく、ただ、目を見開いていて逃げることとすらしない。

仕留めたな——左馬之助がほくそ笑んだ時、目の前の襖が勢いよく開かれた。次の瞬間、殺気を感じて後ろに飛び退《すさ》った左馬之助は、下段から斬りあげてきたシヅの刃を危うく交わした。

頬にピリピリした痛みが走り、左馬之助の頭に血がのぼった。シヅが裏切ったのだ。

「わかっているのか。私が戻らねば、おエイは死ぬぞ」

「毛利を守ることが私の第一義」

左馬之助は鼻で笑った。

「大大名、毛利など昔の話。今はその名に縋《すが》り付くしかない無様な家だぞ」

目の端で綱広の顔が引きつるのが見えた。

シヅは煽《あお》りには乗らず、表情は変えないまま隠剣の構えを取る。ここから喉を狙ってくるつもりだ——一度立ち合っていて間合いや足の運びはわかっている。

左馬之助も刀を抜いた。

「と、と、殿？　こ、こ、こ、これは一体……」

　騒動の釈明に来たらしい平右衛門が、庭側の廊下で腰を抜かさんばかりに驚いていたが、その横を綱広が足音荒くすり抜けていく。兵庫がその後を追っていった。

　逃げた――逃げたぞ！

　左馬之助は腹の中で大笑いした。それはそうだろう。武芸も嗜《たしな》まず、酒と女に明け暮れ、家臣がいなければ身を守ることもできない、逃げることしかできないのだ、徳川に下《くだ》った殿さまは。

　シヅの「飯田さま、ご老中をっ」という声に我に返った平右衛門が、久世を背中で庇うようにしながら、書院から連れ出すのが見える。

　左馬之助は舌打ちした。与平次の策は失敗だ。自ら老中を斬るしかない。

　だが、焦らずともよい。久世も毛利も、この騒動を公にはしたくないはず――つまり、外に逃げ出すことはしまい。

　家臣たちが馳せ参じても構わない。剣術道場で見る限り、家中には、左馬之助以上の腕前の者はいなかった。

　気合いの声と共に、シヅが今度は中段の構えから飛び込んできた。

　ぶつかった鍔がガチリと鳴る。上背のあるシヅが真正面からぶつかってきて、左馬之助は薄く笑った。道場での立ち合いでは控えめにしておいたが、力は左馬之助のほうが格段に上だ。

左馬之助はぐいぐいと力でシヅを書院の壁へと押していく。追い詰められまいと身を躱《かわ》したシヅが、己が脱ぎ捨てた打ち掛けを踏んだ。

「あ……」

滑って姿勢を崩した隙を逃さず、左馬之助が刀を上段に振り上げたとき、何かが目の前に飛び込んできた。邪魔だっ。迷うことなく、袈裟《けさ》懸けに斬り下ろす。

血が顔に飛んだ。

「おエイさん……！」

庭から見慣れぬ女が一人、名を呼びながら飛び込んできた。

シヅと左馬之助の間に身を投げたのは、おエイだった。身体が血に染まっていくのを、シヅが抱きかかえ、打ち掛けで噴き出す血を必死で押さえようとしている。

「おエイ、何故……、おエイ、死ぬな……！」

シヅは最早、戦意喪失と見てとって、左馬之助は書院を飛び出し、久世を追った。

力を持った老中が一人でも突然いなくなれば、まだ若く未熟な将軍の足場は簡単に揺らぐはずだ。

しかも、それが大大名・毛利の屋敷でとなれば間違いなく改易騒ぎだ。物議も醸《かも》し出すだろう。

あちこちで掻き回して、幕臣が右往左往している隙に中央を討つ。まさに由比正雪のやり方だ。

左馬之助は、久世を奥へ向かう廊下で見つけた。脇差では叶わぬと見たのか、平右衛門が両手を広げて立ちはだかる。

だが、若くもなく体軀が大きくもない男を蹴り飛ばすことは造作もなかった。平右衛門は柱にぶつかり、崩れ落ちた。肩を押さえ、立ち上がることすらできない。

左馬之助は久世に迫った。

背を斬られるは武士の恥だ——脇差しを抜こうとした久世に兵庫が駆け寄ってきて、背で庇う。

どうやら綱広は奥へ逃げたらしい。さすが、女好きの殿さまだと嘲《あざけ》りながら、左馬之助は兵庫と相対した。

兵庫は帯刀していない。与平次から聞いていた通りだ。人を斬りたくないという理由があるくせに体術で十分と嘯《うそぶ》くなど、武士の風上にも置けない。

廊下は天井が高くなっている。左馬之助は上段の構えから、兵庫の背後にいる久世を狙った。殺さぬまでも傷をつけるだけで充分だ。

刀を握る左馬之助の手を、兵庫が手刀で叩き落そうとするのを躱し、薙《な》ぎ払うが、間合いを読んだ兵庫が久世を背で押して避ける。久世がいるから自由に動けないのか、薙ぎ払った刃先は兵庫の胴を掠《かす》めた。

思わず、体勢を崩した兵庫ごと久世を斬りつける勢いで大きく上段から振りかぶったとき——。

「兵庫、伏せろ!」

兵庫が久世を引き倒して廊下に伏せた。

ズンッと衝撃が走り、左馬之助は立ち止まった。何故か、身体が動かない。

目を細めて見ると、倒れ込んだ兵庫と久世の向こう、長い廊下の端で弓を構えている綱広がいた。

あんなもの、どこから——不意に、奥の玄関の壁に掛けられた弓と飾りのように置かれていた矢籠が鮮やかに蘇《よみがえ》ってきた。矢籠についた一文字に三ツ星紋の家紋を、実が伴わない癖に大仰な、といつも忌々《いまいま》しく思っていたことも。

目線を下げると、己の左胸に矢が刺さっていた。

刀が手から滑り落ちる。ぐらりと身体が傾《かし》いだが、止められない。ぐるりと目が回った。

たった一本の矢で、しかも、あんな馬鹿殿に仕留められるとは——無様と呟きたかったが、それすら叶わなかった。

とんだ夜になった。兵庫の手を借りて立ち上がった久世は、仰向けに倒れて事切れている男を見下ろした。

綱広の放った矢は、心の臓を貫いている。見事な腕前だった。

「や、大和守さま、お怪我は……」

掠れた声に目を向ければ、蹴り飛ばされた平右衛門が肩を押さえながらヨロヨロと近づいてくる。

「うむ、大事ない。平右衛門は災難であったな」

「お守りできず、申し訳ございませぬ」

「飯田さま。書院の様子を見て参ります」

兵庫が足早に戻って行く。

「この者はご家中の者か」

平右衛門への問いに、廊下の向こうからやってきた綱広が「左様。呉服方、長岡左馬之助」と答え、久世を見つめた。

「慶安の乱のときのように、この者の係累を連座させるのですか」

嫌なことを思い出させる、と久世は若き殿から目を逸らせた。

慶安の乱の直後と言えば、久世は生まれたばかりの息子を亡くして意気消沈していた頃だった。外にはそれと気づかれぬよう必死で平静を装っていたが、江戸へ連座で送られてきた毛利の者の中に、前髪も落としていない少年を見たときは心が乱れた。夏には二人目の子が生まれるという父親は、命乞いもせず泣き言も言わなかった。その潔《いさぎよ》さにより哀しみを覚えたものだ。

それでも、世を乱せばどのようになるかを知らしめねばならない。久世は無慈悲に処断を下した。

あのときの少年の姿と、先ほど、いきなり刀を抜いたシヅという女子の姿が重なった。

「大膳大夫。あのシヅという女子は何者なのだ」

「十四年前に断絶した家の者ですよ」

綱広が久世を見据えながら、その名を殊更《ことさら》ゆっくり告げる。

「宇野又右衛門が子、宇野卯月」

宇野――久世は息を呑んだ。では、あのときの少年のきょうだいということか。

久世が身を翻して書院へと駆け戻った。

「おエイ、おエイ……」

卯月が女をかき抱きながら、呼びかけている。口元に黒子のある女子が、溢れ出る血を止めようと、打ち掛けを押し当てていた。

目を閉じた女の顔は青白く、微《かす》かに震える手で卯月の腕を握っている。

その顔に見覚えがあった。十三年前に決死の表情で赤子を抱きしめ、久世を睨み返してきた女だ。

兵庫に声をかけられた黒子の女子が、久世に場所を譲った。

久世は血の海に躊躇なく足を踏み入れる。

「ご老中……？」

卯月が、突然、傍に座った久世に戸惑いを見せた。ああ、本当に似ている。あの少年にも父親にも母親にも。

久世は女の耳に大声で言った。

「久世大和守広之である！」

女が微かに目を開ける。なかなか視点が定まらないが、震える口が微かな言葉を発する。

「久世、さま、あのとき、女子、と偽り、を、申した、こと、お許し、ください……卯月、さまのおいのちだけは、なにとぞ……」

それは偽りを強いてきた卯月への詫びでもあった。

「何のことだかわからぬ。だが、私の命を守ろうとした者には、褒美を使わそう。宇野家の断絶を解くよう、大膳大夫に進言すると約束する！」

女の目から涙が溢れ出る。

「ありが、とう、ございます、卯月さま……シヅ、さま……おめでと、ございい」

最後まで言い切ることができなかったが、事切れた女の顔には幸せそうな笑みが浮かんでいた。

二十七．毛利の行く末

老中暗殺未遂の騒動から十日。昼前から降り始めた雪は、水気を含んでいた。

飯田平右衛門は傘もささず、悄然として江戸城を出た。

——とんでもないことになった。

事は内密に収められたはずだった。久世は「口外無用」とし、家中にも言い含めた。長岡左馬之助は病を患い、急死。奥女中のシヅとおエイは暇を出し、謀反の疑いを掛けられていた大森辰之進は無罪放免。

そして、兵庫が面倒を見ていた宇野卯月は綱広付きの小姓として正式に仕えることになった。

すべては丸く収まったはずだったのだが、平右衛門は今日、老中から呼び出しを受けた。

苦虫を噛み潰したような顔で久世が言う。

「雅楽頭《うたのかみ》の耳に入ってしまった」

酒井《さかい》雅楽頭忠清《ただきよ》と言えば、老中首座。老中の中でも重鎮である。平右衛門は怯えながら、「お、お耳に入ったのは、どの件でございましょうか……？」と問うた。

「奥方の毒殺未遂、家中の者が山鹿素行に傾倒、私を暗殺するという企み」

「すべてではございませぬかっ。も、もしや上様にまで……」

将軍・家綱の耳に入れば、「毛利改易」待ったなしである。腰を浮かして狼狽える平右衛門を、久世は「落ち着け」と低い声で制した。

「本来ならば、改易相当の不始末であるが、幸い、ほかへは漏れておらぬし、余計なことを上様のお耳に入れてお気持ちを乱すこともない。雅楽頭は胸の内に納めておくおつもりのようだ」

平右衛門は助かった、と安堵のため息を漏らした。

「ただし、それも大膳大夫の出方次第。至急、申し開きに来い、と雅楽頭のお達しである。是が非でも連れて参れ！」

「……はっ」

平右衛門は平伏するしかなかった。


下屋敷へ帰り着いたとき、飯田平右衛門の着物はぐっしょりと濡れていて、身体が芯から冷えている。

左馬之助に蹴られたときに強打した左肩のせいでしばらく忘れていた胃の腑の痛みが襲ってきて、平右衛門は着替えながら呻いた。

「飯田さま、お加減が」

心配そうに声をかける用人に手を振り、平右衛門は「大丈夫だ。殿はどちらに」と問うた。

「奥方さまのところかと」

呑気なものだ。平右衛門は大きなため息をついて、奥へ行った。

老中暗殺未遂の騒動から十日が経ったが、下屋敷はずっと重苦しい空気に満ちている。あのとき嗅《か》いだ血の臭いが沁みついているせいか、冬で日が短いせいか。

師走の慌ただしさはあるが、新しい年を迎えようという賑やかさにはほど遠い。

だが、今日は違った。奥へ行くにつれて、女子の声だけでなく、野太い男たちの声まで聞こえてきた。

案内された奥方の部屋は寒かった。庭に面した襖が取り払われているからだ。綱広や千姫、側室たちは綿入れの着物を着て火鉢に当たっている。

庭では男たちが相撲《すもう》を取っていた。雪が舞い散る中、寒さをものともせず半裸である。徒歩衆や近習などの番方（武官）と、勘定方などの役方（文官）が次々と取り組みを披露している。

何故、よりによってこんな日に相撲なのだ。

「これは何事でございますか」

平右衛門は更にキリキリと痛んでくる胃の腑の辺りを押さえつつ、綱広に問うたが、こちらを見もしない。

「そこだ、それをひっくり返せ！」

目の前の勝負に熱中している綱広に代わって、庭から答えが返ってきた。

「正月用の餅《もち》を誰がつくか、相撲で選んでおるのですよ」

涼やかな声で言った戸ノ内兵庫までが、もろ肌を脱いで順番を待っている。

正月の餅と聞いて、平右衛門の頭にカーッと血がのぼった。

「このままでは、毛利に正月など来ませんぞ！」

全員がえっと平右衛門を見た。

しまった。

殿だけにこっそりと告げねばならぬことを、大勢の前で言ってしまった平右衛門は口を押さえて後ずさったが、ぐっと背後から肩を押される。それ以上、後ろへ行けない。痛めていない右肩にしたのは、せめてもの優しさかもしれない。

「飯田さま。皆さまにきちんとご説明を」

口元に黒子のある女子は低い声でそう言った。

綱広は平然としていた。

「行かぬ。おぬしが申し開きをすればよい。これまでもそうだったであろう。それで済まぬのであれば、一筆書くから持参しろ」

　綱広が庭に合図をし、右筆が慌てて着物を直して駆け寄ってくる。

「しかし、殿……」

「ワシのような形だけの大名が形だけの申し開きをするよりも、これまで老中たちと渡り合ってきたおぬしの心からの声のほうが、ご容赦願えるであろうよ」

　絶対に行かぬ、と頑《かたく》なな綱広に、家臣たちがそわそわと顔を見合わせる。

　そのとき――。

「恐れながら、申し上げます」

　凜とした声が響き渡る。着物を整えた兵庫が、庭に正座し、綱広を見上げていた。

「珍しく殊勝な姿勢だな、兵庫。申せ」

「殿は、できそこないの傀儡でございます！」

　庭も奥の座敷も、一瞬静まり返った。

「――ひょ、兵庫、何を無礼なことを申すかっ」

　平右衛門が顔を紅潮させて立ち上がるのを、綱広は悠然とした笑みを浮かべながら制した。

「よい。この男の無礼など周知のこと。それにワシが傀儡であることは間違いなかろう。なあ？」

家臣たちに卑屈に笑いかければ、皆気まずそうに顔を伏せる。自虐的な笑みをやめさせたのは、またしても兵庫だった。

「殿、お聞き洩らしいただいては困ります。私はできそこないの、と申し上げたのです！」

顔を強張らせる綱広に構わず、兵庫は言葉を続ける。

「傀儡ならば、その役目の通り、まともに登城いたします。その役を投げ出した殿は、家臣が操ることも担ぎ上げることもできぬ、できそこないの傀儡に過ぎませぬ」

「言わせておけば、貴様……」

綱広が立ち上がり、小姓に持たせておいた刀を奪い取った。奥女中たちが怯えたように身を寄せ合う。

「ワシがこれまで申したことは何も通らず、家臣の思うがまま、すべての事が進んできた。それでもできそこないと申すのか！」

「殿。それはおいくつのときのことですか」

静かな声に、虚をつかれた。

十三で跡を継いだ直後に出したいくつかの案を聞き流された思い出が蘇ってくる。その後は投げやりになり、家臣に従うだけだった。

気が付けば十年以上の時が経っている。

「いま、殿のわがままを受け容れぬ者は一人もおらぬ、ということに何故、気づかれぬのですか」

言われてみれば、と綱広は唇を噛んだ。登城しないことも、市中の女子を奥に召し抱えることも、突然、中間に化けて市中へ出ることも、萩の菓子を作れと夜中に命じることも、望む酒も食べ物も調度も——説教は言われるものの、すべて意のままになっている。

「今ならば、領国や家中についてのお考えも通るはずと、何故、お考えにならぬのですか」

通る、のか？

綱広は平右衛門たち家老の一団を見つめた。困惑した表情の家老を見て、綱広は不意に笑い出した。

「待て、兵庫。今更もう、なんの考えもない。だから、今まで通りでよいのだ」

「真にそう思われますか」

「くどい。ないと言ったら、ないのだ」

「殿は卯月殿の悲願を聞いて、くだらぬと仰せでした。死んだら終わり、親の悲願まで引き受けることはない、と」

寝所で初めて会ったときの夜のことだ。

「申したな。それがどうした」

「私や他の者ならば仰せの通りかもしれませぬ。しかし、死んだら終わりではないのが、大名というもの。毛利家のように代々続く家ならば、悲願を持ち続けることもできましょう。萩焼の如き辛抱強さで少しずつ隙間を埋めていき、いつかどこかの代で鮮やかな器と為ることも可能かと存じます」

「毛利の悲願、だと――」

そのとき、静まり返った庭から「天下取り」と掠れた声が聞こえた。フラリと初老の男が立ち上がる。轟十五朗は泣いていた。顔をクシャクシャにして、嗚咽を漏らしながら言う。

「いつか毛利が天下を取る――殿、ワシは子どもの頃から、そう信じておりました」

「お、おい、十五朗殿、馬鹿を申すな」

傍にいる辰之進たちが、慌てて十五朗の袖を引いて座らせる。

そう、馬鹿なことなのだ。百二十万石を誇り、安芸《あき》一帯を治めた大大名から、二国三十万石弱でしかない今では。

「我、指を以《も》って月を指し、汝《なんじ》をしてこれを知らしむに、汝は何んぞ指を看《み》て月を視《み》ざるや――」

突然、諳《そら》んじた兵庫を、皆が怪訝な顔で眺める。

「龍樹菩薩《りゆうじゆぼさつ》が記した『大智度論《だいちどろん》』という経典の一節、『指月の譬《たとえ》』です。月を指し示そうとしているのに、何故指を見て、月を見ようとしないのか、という意です」

指月という言葉に、家臣たちがざわめく。

「萩城のある指月と同じ字ですね。――殿。毛利家がいま、指すべき『月』はなんですか」

綱広は庭にいる家臣たちと、奥の者たちの顔をぐるりと見回した。こちらを真っすぐ見つめる千姫と目が合う。千姫の目は、「嫁いできた日から毛利の者」と言い切ったときと同じ、強い光を放っていた。

千姫のためにも家臣たちのためにも、毛利家をなくすことはできない。そう思った途端、スルリと言葉が舌に乗った。

「毛利家、存続」

その先には「天下取り」があるが、それはさすがに口にしない。

兵庫が微笑んだ。

「わかっておられるではないですか。ならば、傀儡が為すべきことは一つでございましょう」

登城して、申し開きをすること。

口をポカンと開けた綱広だったが、すぐ兵庫を鋭い目で睨みつけた。

「――まんまと嵌《は》めおったな、この、すすりだんごめ！」

綱広の子どものような悪態に、家臣たちに戸惑いが広がる。

「すすりだんご？」「一体どういう意味でござろう？」

家臣たちが囁き合うなか、千姫がクスクス笑いだした。フサもサヤも笑い出す。

笑いは奥と庭とでさざ波のように広がり、下屋敷の淀んでいた闇を塗り替えて行ったのだった。

二十八．御条目の儀

十二月二十八日、大名一斉登城の日。用意された着物を見て、綱広は顔をしかめた。

「なぜ、こんな衣装なのだ」

木綿の縞模様の裃《かみしも》は、確かに大大名としては地味過ぎる。

「何年ぶりかわからぬほどの登城なのに、金がないと噂されるではないか」

「これがいまの流行りだそうでござります」

「嘘を申せ」

「申し訳ございませぬ、嘘でございます」

ジロリと睨んだ綱広に、兵庫はニコニコしながら言う。

「殿さま方のお衣装は競うように派手になりがち。しかしながら、倹約を打ち出す幕府はそれをよくは思わぬ、と大膳亮さまよりの御進言でございます」

譜代大名の青山幸利が言うのであれば、それがよいのだろう。だが。

「こんな年寄じみた裃、ワシの好みではない」

渋い顔をすると、兵庫が笑みを消した。

「殿、恐れながら申し上げます。本日の殿は、永《なが》の御無沙汰をお詫び申し上げる傀儡でございます。華美に装った傀儡が頭を下げても、本心からの詫びとは受け取っていただけませぬ」

「傀儡、傀儡と連呼するなっ。わかっておっても腹が立つ」

斯くして——地味な裃を着けた綱広は一番乗りで登城し、将軍・家綱や家老たちの前で無沙汰を詫びた。

前もって酒井雅楽頭忠清の邸へ出向き、内々に申し開きをしておいたこともあって、「年明け二十四日の法事にも出る」と約束した綱広にお咎めの沙汰はなかった。

それからしばらくの間、「あの大膳大夫が登城した」「しかも、地味な着物で」と大名家だけでなく市中の話題も大いにさらったのだった。

正月十一日。下屋敷の書院で、綱広の前に正装した家臣たちが一斉に平伏した。

側に控えている飯田平右衛門が厳かに告げる。

「殿のお達しにより、萩同様にこの下屋敷でも『万治制法』の読み聞かせの儀を行うこととする。また、萩では儀はご当主ご退席の後に執り行われるが、江戸ではご同席のままとする——右筆、友井利兵衛」

「ハッ」

家臣たちの前列、中央に控えていた利兵衛が緊張の面持ちで立ち上がる。

読み聞かせの大役に利兵衛を推薦したのは、十五朗だ。年寄がやっては煙たがられる。若い者がやることで、新しい風土となる。利兵衛ならば全文頭に入っておるはず。

「僭越《せんえつ》ながら、此度の読み聞かせのお役目を務めさせていただきます」

家臣たちが居住まいを正す。

「ひとぉつ、天下諸事の御制法、宜《よろ》しく相守ること——」

利兵衛は淀みなく、三十三箇条全文の読み聞かせを終えると、晴れがましい顔で座に戻った。

平右衛門が「では、これにて」と終えようとしたとき、大森辰之進がすくっと立ち上がった。

「殿、恐れながら申し上げます！」

その声は大きいだけでなく、よく通った。何事かと皆が辰之進を見つめる。

書院の隅に控えている兵庫が目を丸くしているのを目に留めながら、綱広は大声で応じる。

「申せ！」

「天下統一、今年は如何！」

皆がじっと綱広の言葉を待つ。ゆっくりと綱広が首を横に振った。

「いや、時期尚早じゃ」

「はっ」

辰之進が平伏するのへ、全員が続いた。

いつか毛利の天下がくるまで、このやりとりは毎年行われるであろう。それまでは己がすべきことを為す。

家中の者たちは皆、一様に気を引き締めたのだった。

綱広が約束通り法事に出て数日後。兵庫が綱広のところへ暇乞《いとまご》いに行くと、平右衛門はまた胃の腑の辺りを押さえていた。

「どうされたのです」

「殿がまた、登城せぬ、と」

　驚いて見やると、綱広がニヤリと笑った。

「毛利の殿は愚か者と思わせておくほうが、向後のためによいであろう？　それに登城すると余計な金がかかる」

　それはそうですが、と苦笑する兵庫の袖を平右衛門が引く。

「ひょ、兵庫、何とか殿のお気持ちを変えてくれ……」

「しかし、お気持ちは固いようですが」

　そう言った途端、平右衛門は腹を押さえて大袈裟に呻いた。

「こら、平右衛門。押さえている位置が随分と下だぞ」

　演技を見抜かれた平右衛門がしょんぼりと座り直したが、その姿勢はやや猫背である。

「それでも飯田さまが胃の腑を悪くされているのは、間違いのないこと。大事な家臣を失うわけにはいかぬでしょう。殿、たまにはご登城なされませ」

「わかった。五年に一度ぐらいは登城してもよいかもしれぬな」

　鷹揚に頷いた綱広に、兵庫は呆れ顔で首を振る。

「殿、五年は長過ぎます。せめて、三年に一度ぐらいでなければ」

綱広は渋々、「相わかった」と頷いた。

「いやいやいや、わかりませぬ！　というか、殿、毎年八朔にはお城へあがってくださいませ！」

喚き続ける平右衛門を追い出し、綱広と兵庫は相対した。

「読み聞かせの儀の後のやりとり、よい人選でしたね」

「辰之進は、声だけはよいからな、声だけは」

「またそのようなお戯れを。勘定方としての力もたまには褒めて差し上げてください」

苦笑した兵庫に、綱広は「兵庫」と静かに呼びかけた。

「幕閣どもに申しても構わぬぞ」

毛利の殿さまが「天下統一、今年は如何――」と家臣に問いかけさせていた、と。

「申しません」

兵庫は微笑みながら首を振った。

「ほう。毛利など警戒するに及ばぬか」

「そうではございませぬ。泰平の世を維持するために、徳川も気を張るところがなければなりませぬから。――ただし」

兵庫がぐっと綱広を睨みつけた。

「世を無駄に騒がせ、人の命を徒《いたずら》に奪うのならば容赦は致しませぬ」

「心得た」

静かに頷いた綱広に、兵庫は深く平伏したのだった。


毛利の下屋敷を出たところで、サヤが風呂敷包みを手に待っていた。サヤも今日が暇乞いだったのだ。

兵庫は慌てて駆け寄った。

「サヤ殿。先に小石川に戻られたかと思っておりました」

「勝手に待っておりましたので……。兵庫さま、浄晃寺へご一緒してもよろしいでしょうか」

「随分と遠回りになりますよ」

「……お経をあげてほしいのです」

聞かずともわかる。おエイのために、だ。

あの日、助け出したおエイを連れて、サヤは下屋敷の奥側の玄関から庭へ抜けた。

監禁されて相当衰弱していたにもかかわらず、おエイが「卯月さまのもとへ連れて行ってほしい」と懇願したからだ。虫の知らせだったのかもしれない。

そして、見たのだ。あけ放たれた襖の向こう、書院の座敷で左馬之助に押し負けている卯月を。

おエイは肩を貸していたサヤを突き飛ばし、書院に駆け上がると、卯月をかばって斬られた。

「私が先にどこかでおエイさんを休ませていればよかったのです……」

サヤがぽつりと呟き、そのあとは寺までずっと押し黙ったままだった。

「帰命無量寿如来《きみょうむりょうじゅにょらい》　南無不可思議光《なむふかしぎこう》　法蔵菩薩因位時《ほうぞうぼさついんにじ》　在世自在王仏所《ざいせじざいおうぶつしょ》——」

息継ぎで吐く息が白い。冷え込む本堂の中、兵庫は一心に経を読んだ。死んだ者のため、そして、後悔の念に苛まれているサヤと己のために。

背後に座るサヤも小さな声で唱和している。

「南無阿弥陀仏《なむあみだぶつ》　南無阿弥陀仏……」

御本尊に深く頭を下げた兵庫はゆっくり背後をふり返った。

「サヤ殿。先ほどおエイ殿をどこかで休ませていればよかった、と言っておられましたが、そうしていれば、卯月殿は斬られていたでしょう」

はい、とサヤが小さく頷く。

「そんなことになっていれば、おエイ殿は自ら死を選んでいたかもしれません。サヤ殿は一人の命は救えなかったけれど、別の一人を助けることができたのです」

「頭ではわかっているのです。わかってはいるのですけど」

サヤが右手を見つめる。

「おエイさんの温もりが消える前に、命が消えてしまうなんて」

「命を失うなど一瞬です。刀でも矢でも、それこそ、足を踏み外しただけでも」

兵庫はサヤが見つめている右手に、己の手をそっと重ねた。

「私も何もできなかった。左馬之助の言動を怪しみながら、何もしなかった。もっと早く動いていれば――此度の一件だけでなく、これまでも何度も悔いてきました」

「兵庫さま」

仏前にともしたろうそくの火がゆらりと揺れた、と思ったら、傍らに練宗が佇んでいた。

「そういうものを呑み込んで生きていかねばならぬのが、残された者の宿命《さだめ》よ。多かれ少なかれ、誰もがそうやって生きておる」

はい、と頷いた二人に優しい眼差しを送った練宗は「ところで」と咳払いをした。

「おまえさんたちは、いつまでそうしておるつもりかな」

言われて二人は、握り合っていた手を慌てて離したのだった。

サヤを送り届けた兵庫は、水戸徳川家の上屋敷へと回った。「戻ってきているから、寄れ」と『彼の方』からの伝言があったからだ。

「三年に一度の登城とはな」

久世から一部始終の報告を受けており、自らも城で綱広を見た『彼の方』は面白そうに笑ったあと、ぐっと兵庫に顔を近づけた。

「兵庫。今一度、聞く――毛利に二心はありやなしや」

「毛利に二心はございませぬ」

「真なのだな」

鋭い目が兵庫を見据える。その目線を受け止め、兵庫はゆっくりと息を整える。

「恐れながら、申し上げます」

「申せ」

「いまの言葉に付け加えさせていただきとうございます。毛利に二心はありませぬ。ただし――徳川の治世に間違いがない限り」

間近にある目が大きく見開かれ、そして、ゆっくりと遠ざかる。

「物は言いようだな。はっきりと断じてほしかったが」

「申し訳ございませぬ」

「まあ、甘いも塩辛いもはっきりせぬすりだんごだから致し方ない」

何故、その通り名を知っているのか問えば、それを肴にいつまでも帰してもらえないだろう。

兵庫は慌てて「では、これにて」と平伏し、何か言われる前に一目散に屋敷を出たのだった。


四月、萩――。

卯月は綱広と共に、萩城の背後を守る指月山の頂上を目指していた。木々のおかげで強い日差しは遮られ、風も涼しくて心地よい。

だが、呑気でいられたのは登り始めだけだった。難攻不落の要害と言われるだけあって道は険しく、足腰の強さに自信のある卯月ですら、息が上がった。

おまけに湿った枯れ葉が堆積した山道は滑りやすく、木の箱を背負った卯月は一度、危うく崖に落ちかけた。嫌な汗が背を伝う。

それでも綱広にさほど遅れずに、山を登り切った。

荒い息を整えつつ顔を上げた卯月の目の前に、山の頂上とは思えないほど立派な石垣が現れた。

はるか頭上でトンビがピーヒョロロロと鳴きながら弧を描く、その長閑《のどか》なさまとは対照的な重厚さだ。

綱広が微笑みかける。

「どうだ。これほど見事な詰丸《つめまる》はないと思わぬか?」

石垣と土塀で囲われた城郭は、陸と海を監視する櫓を複数抱え、籠城も見据えて武器も備えられているという。

綱広は櫓のひとつに足を向けた。見張り番が素早く駆け降りてくると、水筒を差し出す。

「殿、本丸でお休みになりますか」

「いや、今日はここに用がある」

綱広は水を飲み干すと、「卯月、ついて来い」と言い置いて、狭い梯子に取りついた。慌てて後を追う。

遮るもののない櫓の上からは、先ほどまでいた城と町並みが一望できた。

「萩は真、美しいですね。緑豊かで……」

「後ろも見てみよ」

言われて振り返った卯月は「あっ」と声をあげた。大海原が広がっている。

「これが、外海――。なんと壮大な……！」

海は穏やかだった。風で立つ小さな波が白く光る。

しばし見惚れる卯月に「ぼんやりしていると、大事な用を忘れるぞ」と綱広が声をかけた。

「そうでした」

卯月は背中の木箱を下ろして蓋を取った。大小の骨壺が四つ、並んでいる。

「萩へ――指月の山へ帰って参りましたよ。父上、母上、兄上、おエイ」

そうして、箱を抱えてゆるりと回る。指月山からの景色を見せるために。

「寺は決まったのか」

「はい、先祖代々、世話になっていた寺に引き受けてもらうことになりました。この後、納骨して参ります」

そうか、と頷いた綱広とともに、卯月は風に吹かれた。かすかに潮の香りがする。

やがて、綱広は「戻るぞ」と告げた。

「卯月。寺へ寄るなら、帰りに外郎を買って参れ。そうだな、明日まで持つであろうから、十ほどだ」

卯月が箱を背負い直し、綱広を見据える。

「殿、恐れながら申し上げます！　甘いものは過ぎたれば」

「ああ、わかったわかった、三つでよい。全く、あのすりだんごはいらぬ知恵を家中に残していきおって……」

ブツブツ言いながら、綱広が櫓を下りていく。

卯月はもう一度、ぐるりと回って萩の景色を目に焼き付けると、急いで殿の後を追って行った。

【参考資料】

『江戸お留守居役の日記——寛永期の萩藩邸』山本博文（読売新聞社）
『土芥寇讎記』金井圓 校注（人物往来社）
『萩藩閥閲録』山口県文書館 編（山口県文書館）
「万治制法」村田峯次郎 編
※国立国会図書館デジタルアーカイブ
https://dl.ndl.go.jp/info:ndljp/pid/787051
「近世前・中期萩藩毛利家における『裏』の構造と老女制の成立」
石田俊（山口大學文學會志71巻）
「青大実録」太田成和 編（『郡上八幡町史』）
『日本の剣術』歴史群像編集部 編（学習研究社）
『素問』新釈・小曽戸丈夫（たにぐち書店）
『醒睡笑 全訳注』安楽庵策伝、宮尾與男 訳注（講談社学術文庫）
『聖教要録 配所残筆』山鹿素行、土田健次郎 全訳注（講談社学術文庫）
人形芝居えびす座（最終閲覧日：令和四年三月二十九日）
http://tomomo.co.jp/ebisuza.com/

【取材協力】
茨住吉神社

本書は文庫書下ろし作品です。

|著者| 谷口雅美　神戸女学院大学卒業。「99のなみだ」「最後の一日」「99のありがとう」などの短編小説集に参加。2016年、第44回創作ラジオドラマ大賞に佳作入選し、翌年NHKラジオ「FMシアター」にて入選作『父が還る日』放送。2017年『大坂オナラ草紙』で第58回講談社児童文学新人賞佳作入選。本書は初めての書下ろし歴史時代小説『殿、恐れながらブラックでござる』に続く第2弾。他の著書に『教えて、釈先生！子どものための仏教入門』（釈徹宗氏と共著）『泣き虫マジシャンの夢を叶える11の物語』『私立五芒高校 恋する幽霊部員たち』など。FM尼崎「5週目だヨ！神さま仏さま」のアシスタントを務める。兵庫県尼崎市在住。
ブログ：http://blog.taniguchi-masami.com/

殿《との》、恐《おそ》れながらリモートでござる
谷口雅美《たにぐちまさみ》

講談社文庫
定価はカバーに
表示してあります

2022年9月15日第1刷発行

KODANSHA

発行者――鈴木章一
発行所――株式会社　講談社
東京都文京区音羽2-12-21　〒112-8001
電話　出版（03）5395-3510
　　　販売（03）5395-5817
　　　業務（03）5395-3615
Printed in Japan
デザイン―菊地信義
本文データ制作―講談社デジタル製作
印刷―――株式会社KPSプロダクツ
製本―――株式会社国宝社
ISBN978-4-06-528925-9

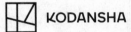

講談社文庫刊行の辞

二十一世紀の到来を目睫に望みながら、われわれはいま、人類史上かつて例を見ない巨大な転換期をむかえようとしている。

世界も、日本も、激動の予兆に対する期待とおののきを内に蔵して、未知の時代に歩み入ろうとしている。このときにあたり、創業の人野間清治の「ナショナル・エデュケイター」への志を現代に甦らせようと意図して、われわれはここに古今の文芸作品はいうまでもなく、ひろく人文・社会・自然の諸科学から東西の名著を網羅する、新しい綜合文庫の発刊を決意した。

激動の転換期はまた断絶の時代である。われわれは戦後二十五年間の出版文化のありかたへの深い反省をこめて、この断絶の時代にあえて人間的な持続を求めようとする。いたずらに浮薄な商業主義のあだ花を追い求めることなく、長期にわたって良書に生命をあたえようとつとめるところにしか、今後の出版文化の真の繁栄はあり得ないと信じるからである。

同時にわれわれはこの綜合文庫の刊行を通じて、人文・社会・自然の諸科学が、結局人間の学にほかならないことを立証しようと願っている。かつて知識とは、「汝自身を知る」ことにつきていた。現代社会の瑣末な情報の氾濫のなかから、力強い知識の源泉を掘り起し、技術文明のただなかに、生きた人間の姿を復活させること。それこそわれわれの切なる希求である。

われわれは権威に盲従せず、俗流に媚びることなく、渾然一体となって日本の「草の根」をかたちづくる若く新しい世代の人々に、心をこめてこの新しい綜合文庫をおくり届けたい。それは知識の泉であるとともに感受性のふるさとであり、もっとも有機的に組織され、社会に開かれた万人のための大学をめざしている。大方の支援と協力を衷心より切望してやまない。

一九七一年七月

野間省一

講談社文庫 最新刊

神永学
悪魔を殺した男
連続殺人事件の犯人はひとり白い密室にいた——神永学が送るニューヒーローは、この男だ。

濱嘉之
プライド 警官の宿命
警察人生は「下剋上」があるから面白い！ 高卒ノンキャリの屈辱と栄光の物語が始まる。

辻堂魁
山桜花
〈大岡裁き再吟味〉
寺の年若い下男が殺され、山桜の下に埋められた事件を古風《さきかぜ》十一《じゅういち》が追う。〈文庫書下ろし〉

佐々木裕一
姉妹の絆
〈公家武者 信平《のぶひら》(十三)〉
信平、町を創る！ 問題だらけの町を、人情あふれる町へと変貌させる、信平の新たな挑戦！

森功
地面師
〈他人の土地を売り飛ばす闇の詐欺集団〉
あの積水ハウスが騙された！ 日本中が驚いた巨額詐欺事件の内幕を暴くノンフィクション。

潮谷験
スイッチ
〈悪意の実験〉
そのスイッチ、押しても押さなくても100万円。もし押せば見知らぬ家庭が破滅する。

佐野広実
わたしが消える
認知障碍《しょうがい》を宣告された元刑事が、身元不明者の正体を追うが。第66回江戸川乱歩賞受賞作。

高田崇史
QED
〈憂曇華《うどんげ》の時〉
神楽《かぐら》の舞い手を襲う連続殺人。残された血文字が示すのは？ 隼人《はやと》の怨霊が事件を揺るがす。

輪渡颯介
怪談飯屋古狸
怖い話をすれば、飯が無代《ただ》になる一膳飯屋古狸。看板娘に惚《ほ》れた怖がり虎太《とらた》が入り浸る!?

堀江敏幸
子午線を求めて
敬愛する詩人ジャック・レダの文章に導かれて、パリ子午線の痕跡をたどりながら、「私」は街をさまよい歩く。作家としての原点を映し出す、初期傑作散文集。

解説=野崎 歓　年譜=著者

978-4-06-516839-4　ほF1

堀江敏幸
書かれる手
デビュー作となったユルスナール論に始まる思索の軌跡。「本質に触れそうで触れない漸近線への憧憬を失わない書き手」として私淑する作家たちを描く散文集。

解説=朝吹真理子　年譜=著者

978-4-06-529091-0　ほF2

講談社文庫　目録

瀧本哲史　僕は君たちに武器を配りたい〈エッセンシャル版〉
竹吉優輔　襲　名　犯
高田大介　図書館の魔女　第一巻／第二巻
高田大介　図書館の魔女　第三巻／第四巻
高田大介　図書館の魔女　烏《からす》の伝言《つてこと》(上)(下)
大門剛明　完　全　無　罪
大門剛明　死　刑　評　決〈「完全無罪」シリーズ〉
橘もも　沖田×華　原作　安達奈緒子　脚本　著　小説　透明なゆりかご(上)(下)
橘もも　ヤマシタトモコ　原作　相沢友子　脚本　著　さんかく窓の外側は夜〈映画版ノベライズ〉
橘もも　三木聡　脚本　大怪獣のあとしまつ〈映画ノベライズ〉
滝口悠生　高　架　線
髙山文彦　ふ　た　り〈皇后美智子と石牟礼道子〉
高橋弘希　日曜日の人々
武田綾乃　青い春を数えて
谷口雅美　殿、恐れながらブラックでござる
武川佑　虎　の　牙
武内涼　謀聖　尼子経久伝〈青雲の章〉
武内涼　謀聖　尼子経久伝〈風雲の章〉
陳舜臣　中国五千年(上)(下)
陳舜臣　中国の歴史　全七冊
陳舜臣　小説十八史略　全六冊
千早茜　森　の　家
千野隆司　大　店　の　暖簾《のれん》〈下り酒一番〉
千野隆司　分　家　の　始　末〈下り酒一番㈡〉
千野隆司　献　上　の　祝　酒〈下り酒一番㈢〉
千野隆司　大《おお》酒《ざけ》の　合　戦〈下り酒一番㈣〉
千野隆司　銘　酒　の　真　贋〈下り酒一番㈤〉
千野隆司　追　跡
知《ち》野《の》みさき　江　戸　は　浅　草
知野みさき　江　戸　は　浅　草　2〈盗人探し〉
知野みさき　江　戸　は　浅　草　3〈桃と桜〉
知野みさき　江　戸　は　浅　草　4〈冬青《そよご》灯籠《どうろう》〉
崔《チエ》　実《シル》　ジニのパズル
筒井康隆　創作の極意と掟
筒井康隆　読書の極意と掟
筒井康隆　ほか12名　名探偵登場！
都筑道夫　なめくじに聞いてみろ〈新装版〉
辻村深月　冷たい校舎の時は止まる(上)(下)
辻村深月　子どもたちは夜と遊ぶ(上)(下)
辻村深月　凍りのくじら
辻村深月　ぼくのメジャースプーン
辻村深月　スロウハイツの神様(上)(下)
辻村深月　名前探しの放課後(上)(下)
辻村深月　ロードムービー
辻村深月　ゼロ、ハチ、ゼロ、ナナ。
辻村深月　V.　T.　R.
辻村深月　光待つ場所へ
辻村深月　ネオカル日和
辻村深月　島はぼくらと
辻村深月　家族シアター
辻村深月　図書室で暮らしたい
辻村深月　噛みあわない会話と、ある過去について
新川直司　漫画　辻村深月　原作　コミック　冷たい校舎の時は止まる(上)(下)
津村記久子　ポトスライムの舟
津村記久子　カソウスキの行方
津村記久子　やりたいことは二度寝だけ
津村記久子　二度寝とは、遠くにありて想うもの

中村彰彦　乱世の名将 治世の名臣
長野まゆみ　簞笥のなか
長野まゆみ　レモンタルト
長野まゆみ　チマチマ記
長野まゆみ　冥途あり
長嶋　有　夕子ちゃんの近道
長嶋　有　佐渡の三人
長嶋　有　もう生まれたくない
永嶋恵美　擬態
永井　均　内田かずひろ 絵　子どものための哲学対話
なかにし礼　戦場のニーナ
なかにし礼　生きる力〈心でがんに克《か》つ〉
なかにし礼　夜の歌(上)(下)
中村文則　最後の命
中村文則　悪と仮面のルール
中田整一 編／解説　真珠湾攻撃総隊長の回想〈淵田美津雄自叙伝〉
中田整一　四月七日の桜〈戦艦「大和」と伊藤整一の最期〉
中村江里子　女四世代、ひとつ屋根の下
長野まゆみ　45°〈ここだけの話〉

中野美代子　カスティリオーネの庭
中野孝次　すらすら読める方丈記
中野孝次　すらすら読める徒然草
中山七里　贖罪の奏鳴曲《ソナタ》
中山七里　追憶の夜想曲《ノクターン》
中山七里　恩讐の鎮魂曲《レクイエム》
中山七里　悪徳の輪舞曲《ロンド》
長島有里枝　背中の記憶
長浦　京　赤刃《セキジン》
長浦　京　リボルバー・リリー
中脇初枝　世界の果てのこどもたち
中脇初枝　神の島のこどもたち
中村ふみ　天空の翼 地上の星
中村ふみ　砂の城 風の姫
中村ふみ　月の都 海の果て
中村ふみ　雪の王 光の剣
中村ふみ　永遠《とわ》の旅人 天地の理《ことわり》
中村ふみ　大地の宝玉 黒翼《こくよく》の夢
中村ふみ　異邦の使者 南天の神々

夏原エヰジ　Ｃｏｃｏｏｎ〈修羅の目覚め〉
夏原エヰジ　Ｃｏｃｏｏｎ２〈蠱惑の焔〉
夏原エヰジ　Ｃｏｃｏｏｎ３〈幽世の祈り〉
夏原エヰジ　Ｃｏｃｏｏｎ４〈宿縁の大樹〉
夏原エヰジ　Ｃｏｃｏｏｎ５〈瑠璃の浄土〉
夏原エヰジ　連理の宝〈Ｃｏｃｏｏｎ外伝〉
夏原エヰジ　Ｃｏｃｏｏｎ〈京都・不死篇―蠢《しゅん》―〉
長岡弘樹　夏の終わりの時間割
西村京太郎　華麗なる誘拐
西村京太郎　寝台特急「日本海」《メモリー・トレイン》殺人事件
西村京太郎　十津川警部 帰郷・会津若松
西村京太郎　特急「あずさ」《アリバイ・トレイン》殺人事件
西村京太郎　十津川警部の怒り
西村京太郎　宗谷本線殺人事件
西村京太郎　奥能登に吹く殺意の風
西村京太郎　特急「北斗1号」《スーサイド・トレイン》殺人事件
西村京太郎　十津川警部 湖北の幻想
西村京太郎　九州特急「ソニックにちりん」殺人事件
西村京太郎　東京・松島殺人ルート

講談社文庫　目録

講談社文庫　目録

2022年6月15日現在